JUAN CARLOS ONETTI

Los adioses

punto de lectura

Juan Carlos Onetti (Montevideo, 1909-Madrid, 1994) fue uno de los mejores exponentes de las letras hispánicas del siglo XX. Autor de relatos y novelas, a su primera etapa se deben obras tan importantes como *El pozo* (1939), *Tierra de nadie* (1941), *Para esta noche* (1943) o *La vida breve* (1950). Desde la publicación de esta última, comenzó a situar todas sus obras en Santa María, universo imaginario a través del que sentó escuela en la narrativa latinoamericana. *Los adioses* (1953), *El astillero* (1961) o *Juntacadáveres* (1964) son buena muestra de su madurez y altísima calidad literaria. Exiliado en España desde mediados de los años setenta, obtuvo el prestigioso Premio Cervantes en 1980 y el reconocimiento de su país, una vez éste recobró la democracia, con el Gran Premio Nacional de Literatura en 1985.

JUAN CARLOS ONETTI

Los adioses

Título: Los adioses
© 1954, Juan Carlos Onetti
© Herederos de Juan Carlos Onetti
© Santillana Ediciones Generales, S. L.
Torrelaguna, 60. 28043 Madrid (España) www.puntodelectura.com

ISBN: 978-84-663-2011-5
Depósito legal: B-35.584-2007
Impreso en España – Printed in Spain

Diseño de portada: Jesús Acevedo
Fotografía de portada: © Sábat
Diseño de colección: Punto de Lectura

Impreso por Litografía Rosés, S.A.

196 / 3

A Idea Vilariño

Quisiera no haber visto del hombre, la primera vez que entró en el almacén, nada más que las manos; lentas, intimidadas y torpes, moviéndose sin fe, largas y todavía sin tostar, disculpándose por su actuación desinteresada. Hizo algunas preguntas y tomó una botella de cerveza, de pie en el extremo más sombrío del mostrador, vuelta la cara —sobre un fondo de alpargatas, el almanaque, embutidos blanqueados por los años— hacia afuera, hacia el sol del atardecer y la altura violeta de la sierra, mientras esperaba el ómnibus que lo llevaría a los portones del hotel viejo.

Quisiera no haberle visto más que las manos, me hubiera bastado verlas cuando le di el cambio de los cien pesos y los dedos apretaron los billetes, trataron de acomodarlos y, enseguida, resolviéndose, hicieron una pelota achatada y la escondieron con pudor en un bolsillo del saco; me hubieran bastado aquellos movimientos sobre la madera llena de tajos rellenados con grasa y mugre para saber que no iba a curarse, que no conocía nada de donde sacar voluntad para curarse.

En general, me basta verlos y no recuerdo haberme equivocado; siempre hice mis profecías antes de enterarme de la opinión de Castro o de Gunz, los médicos que viven en el pueblo, sin otro dato, sin necesitar nada más que verlos llegar al almacén con sus valijas, con sus porciones diversas de vergüenza y de esperanza, de disimulo y de reto.

El enfermero sabe que no me equivoco; cuando viene a comer o a jugar a los naipes me hace siempre preguntas sobre las caras nuevas, se burla conmigo de Castro y de Gunz. Tal vez sólo me adule, tal vez me respete porque hace quince años que vivo aquí y doce que me arreglo con tres cuartos de pulmón; no puedo decir por qué acierto, pero sé que no es por eso. Los miro, nada más, a veces los escucho; el enfermero no lo entendería, quizá yo tampoco lo entienda del todo: adivino qué importancia tiene lo que dejaron, qué importancia tiene lo que vinieron a buscar, y comparo una con otra.

Cuando éste llegó en el ómnibus de la ciudad, el enfermero estaba comiendo en una mesa junto a la reja de la ventana; sentí que me buscaba con los ojos para descubrir mi diagnóstico. El hombre entró con una valija y un impermeable; alto, los hombros anchos y encogidos, saludando sin sonreír porque su sonrisa no iba a ser creída y se había hecho inútil o contraproducente desde mucho tiempo atrás, desde años antes de estar enfermo. Lo volví a mirar mientras tomaba la cerveza, vuelto hacia el camino y la sierra; y observé sus manos cuando manejó los billetes en el mostrador, debajo de mi cara. Pero no pagó al irse, sino que se interrumpió y vino desde el rincón, lento, enemigo sin orgullo de la piedad, incrédulo, para pagarme y guardar sus billetes con aquellos dedos jóvenes envarados por la imposibilidad de sujetar las cosas. Volvió a la cerveza y a la calculada posición dirigida hacia el camino, para no ver nada, no queriendo otra cosa que no estar con nosotros, como si los dos hombres en mangas de camisa, casi inmóviles en la penumbra del declinante día de primavera, constituyéramos un símbolo más claro, menos eludible que la sierra que empezaba a mezclarse con el color del cielo.

—Incrédulo —le hubiera dicho al enfermero si el enfermero fuera capaz de comprender—. Incrédulo —me estuve repitiendo aquella noche, a solas. Esto es; exactamente incrédulo de una incredulidad que ha ido segregando él mismo, por la atroz resolución de no mentirse. Y dentro de la incredulidad, una desesperación contenida sin esfuerzo, limitada, espontáneamente, con pureza, a la causa que la hizo nacer y la alimenta, una desesperación a la que está ya acostumbrado, que conoce de memoria. No es que crea imposible curarse, sino que no cree en el valor, en la trascendencia de curarse.

Tendría cerca de cuarenta años, y sus gestos, algunos abandonos que delataban la inmadurez. Cuando salió para tomar el ómnibus, el enfermero dejó de mirarme, alzó el vaso de vino y se volvió hacia la ventana.

—¿Y éste? ¿Se vuelve caminando o con las patas para adelante? Si está enfermo y va al hotel, lo atenderá Gunz. Tengo que preguntarle.

Lo decía en broma o tal vez pensara asegurarse las posibles inyecciones. Me hubiera gustado sentarme a tomar vino con él y decirle algo de lo que había visto y adivinado. Tenía tiempo; el ómnibus no había traído ningún pasajero y era la hora en que comenzaban a proyectar las comidas en las casitas de la sierra. Deseaba conversar y el enfermero me estaba invitando, sonriendo sobre el vaso y el plato. Pero no salí de atrás del mostrador; me puse a quitar polvo de unas latas y apenas hablé.

—Sí, está picado, no hay duda. Pero no es muy grave, no está perdido. Y, sin embargo, no se va a curar.

—¿Por qué no se va a curar si puede? ¿Porque Gunz lo va a matar?

Yo también me reí; hubiera sido sencillo decirle que no se iba a curar porque no le importaba curarse; el enfermero y yo habíamos conocido mucha gente así.

Alcé los hombros y continué con las latas.

—Digo —dije.

Después empecé a verlo desde el hotel en ómnibus y esperar frente al almacén el otro, el que iba hasta la ciudad; casi nunca entraba, seguía vestido con las ropas que se trajo, siempre con corbata y sombrero, distinto, inconfundible, sin bombachas, sin alpargatas, sin las camisas y los pañuelos de colores que usaban los demás. Llegaba después del almuerzo, con el traje que usaba en la capital, empecinado, manteniendo su aire de soledad, ignorando los remolinos de tierra, el calor y el frío, despreocupado del bienestar de su cuerpo: defendiéndose con las ropas, el sombrero y los polvorientos zapatos de la aceptación de estar enfermo y separado.

Supe por el enfermero que iba a la ciudad para despachar dos cartas los días que había tren para la capital, y del correo iba a sentarse en la ventana de un café, frente a la catedral, y allí tomaba su cerveza. Yo lo imaginaba, solitario y perezoso, mirando la iglesia como miraba la sierra desde el almacén, sin aceptarles un significado, casi para eliminarlos, empeñado en deformar piedras y columnas, la escalinata oscurecida. Aplicado con una dulce y vieja tenacidad a persuadir y sobornar lo que estaba mirando, para que todo interpretara el sentido de la leve desesperación que me había mostrado en el almacén, el desconsuelo que exhibía sin saberlo o sin posibilidad de disimulo en caso de haberlo sabido.

Hacía el viaje de cerca de una hora a la ciudad para no despachar sus cartas en el almacén, que también es estafeta de correos; y lo hacía por culpa o mérito de la misma yerta, obsesionada voluntad de no admitir, por fidelidad al juego candoroso de no estar aquí sino allá, el juego cuyas reglas establecen que los efectos son infinitamente más importantes que las causas y que éstas pueden ser sustituidas, perfeccionadas, olvidadas.

No estaba en el hotel, no vivía en el pueblo. Gunz no le había aconsejado irse al sanatorio;

todo esto podía borrarse siempre que no entrara en el almacén para despachar sus cartas, siempre que las deslizara contra la plancha de goma de la ventanilla del correo de la ciudad. La interrupción quedaba anulada si en lugar de entregarme sus cartas como todos los que vivían en el pueblo, presenciaba la caída sobre ellas del sello fechador, manejado por una mano monótona y anónima que se disolvía en la bocamanga abotonada de un guardapolvo, una mano variable que no correspondía a ninguna cara, a ningún par de ojos que insinuaran hacerse cargo y deducir. El presente podía eludirse si veía el sello golpeando los sobres, imprimiendo en ellos, junto a las dos o tres palabras de un nombre, las siete letras de este otro nombre, el de una capital de provincia, el de una ciudad que puede visitarse por negocios.

Pero, algunas veces, al regresar de la ciudad entraba en el almacén para tomar otra cerveza. Esto sucedía las tardes de fracaso, cuando el nombre de mujer que él había dibujado en el sobre se hacía incomprensible, de pronto, en el segundo definitivo en que el sello se alzaba y caía con su ruido de blandura y resorte. Entonces el nombre no designaba ya a nadie y lo enfrentaba, arrevesado y maligno desde la plancha de goma, para insinuarle que tal vez fueran verdad la separación y las líneas de fiebre.

Lo veía llenar el vaso y vaciarlo en silencio, dándome el perfil, acodado en el mostrador, combatiendo la idea de que ni siquiera los pasados pueden conservarse inmutables, que las orejas más torpes tienen que escuchar el rumor de la arenilla que los pasados escarban para descender, alejarse, cambiar, seguir vivos. Se marchaba antes de emborracharse y caminaba hacia el hotel.

Pero las cartas que le mandaban desde la capital las recibía yo en el almacén y se las enviaba con el muchacho de los Levy, que hacía de cartero aunque no cobraba sueldo del correo sino algunos pesos que le pagábamos el hotel, el sanatorio y yo. Tal vez el hombre me creyera lo bastante interesado en personas y situaciones como para despegar los sobres y curiosear en las maneras diversas que tiene la gente para no acertar al decir las mismas cosas. Tal vez también por esto iba a despachar sus cartas en la ciudad, y tal vez no fuera sólo por impaciencia que a las pocas semanas empezó a venir al almacén, alrededor del mediodía, poco después del momento en que el chófer del ómnibus me tiraba la bolsa, flaca y arrugada, de la correspondencia.

Tuvo que presentarse, prefirió salir del rincón de los salames y el almanaque y obligarme a conversar, sin intentar convencerme, sin esconder su desinterés por las variantes ortográficas de los apellidos patricios, mostrando cortésmente que lo único que buscaba era hacerme recordar su nombre para evitar preguntarme, cada vez, si había llegado carta para él.

Recibía, al principio, cuatro o cinco por semana; pero pude, muy pronto, eliminar los sobres que traían cartas de amistad o de negocios e interesarme sólo por los que llegaban regularmente, escritos por las mismas manos. Eran dos tipos de sobres, unos con tinta azul, otros a máquina; él trataba de individualizarlos con un vistazo estricto y veloz, antes de guardarlos en el bolsillo, antes de volver al rincón en penumbra, recuperar el perfil contra la lámina folklórica, borrosa de moscas y humo del almanaque, y seguir tragando su cerveza exactamente con la misma calma de los días en que no le daba cartas.

El doctor Gunz le había prohibido las caminatas; pero solamente usaba el ómnibus para volver al hotel cuando llevaba en el bolsillo uno de los sobres escritos a máquina. Y no por la urgencia de leer la carta, sino por la necesidad de encerrarse en su habitación, tirado en la cama con los ojos enceguecidos en el techo, o yendo y viniendo de la ventana a la puerta, a solas con su vehemencia, con su obsesión, con su miedo concreto y el intermitente miedo a la esperanza, con la carta aún en el bolsillo o con la carta apretada con otra mano o con la carta sobre el secante verde de la mesa, junto a los tres libros y al botellón de agua nunca usado.

Eran dos los tipos de sobres que le importaban. Uno venía escrito con letra de mujer, azul, ancha, redonda, con la mayúscula semejante a un signo musical, las zetas gemelas como números tres. Los otros sobres, los que lo hacían obedecer a Gunz y trepar al ómnibus, eran también, visiblemente, de mujer, alargados y de color madera, casi siempre con un marcado doblez en la mitad, escritos con una máquina vieja de tipos sucios y desnivelados.

Estábamos a mitad de primavera, desconcertados por un sol furtivo y sin violencia, por noches frescas, por lluvias inútiles. El enfermero subía diariamente al hotel, con su perfeccionada sonrisa animosa, sus bromas y el maletín cargado de ampollas; las mucamas bajaban con frecuencia al almacén para encargar provisiones para la despensa del hotel o para comprarme cintas o perfumes, cualquier cosa que no podía demorarse hasta el paseo semanal a la ciudad. Hablaban del hombre porque durante muchas semanas, aunque llegaron otros pasajeros, continuó siendo «el nuevo»; también hablaba el enfermero, porque necesitaba adularme y había comprendido que el hombre me interesaba. Vivía en el garaje del almacén, no hacía otra cosa que repartir inyecciones y guardar dinero en un banco de la ciudad; estaba solo, y cuando la soledad nos importa somos capaces de cumplir todas las vilezas adecuadas para asegurarnos compañía, oídos y ojos que nos atiendan. Hablo de ellos, los demás, no de mí.

Venían y charlaban; y poco a poco empecé a verlo, alto, encogido, con la anchura sorprendente de su esqueleto en los hombros, lento pero sin cautela, equilibrándose entre formas especiales de la timidez y el orgullo, comiendo aislado en el salón del hotel, siempre junto a una ventana, siempre torciendo la cabeza hacia la indiferencia de la sierra y de las horas, huyendo de su condición, de caras y conversaciones recordatorias.

Empecé a verlo en el hall con mesitas encarpetadas del bar, mirando un libro o un diario, aburrido y paciente, admitiendo, supersticioso, que bastaba exhibirse vacío y sin memoria, dos o cuatro horas por día, a los pasajeros del hotel, para quedar exento, desvinculado de ellos y de la causa que los emparentaba. Así, indolente en el sillón de paja, con las piernas estiradas, forzando los labios a mantener un principio de sonrisa amable y nostálgica, se desinteresaba de las anormales velocidades o longitudes de los pasos de los demás, de sus voces adulteradas, de los perfumes agresivos en que parecían bañarse, convencidos de que el frenesí de los olores era capaz de conservar, para cada uno, el secreto que los unía a todos, que los agrupaba como a una tribu.

Entre ellos y aparte, dos o cuatro horas por día, fingiendo creer, él, que había transformado la incredulidad en costumbre y en aliada equívoca, y a quien una escrupulosa comedia de abandono bastaba para conservarlo adherido a todo lo que existiera antes de la fecha de un diagnóstico.

Nunca supe si llegué a tenerle cariño; a veces, jugando, me dejaba atraer por el pensamiento de que nunca me sería posible entenderlo. Allí estaba, desconocido, en el bar del hotel, de espaldas a la balanza púdicamente arrinconada contra la escalera, seguro de que no habría de usarla nunca, indiferente a los rumores de metales y comentarios que hacían los otros cuando se trepaban para consultar la aguja. Allí estaba, en los alrededores del hotel antes y después del almuerzo —inmediatamente antes y después de llegarse hasta el almacén y pedirme sin palabras la carta que esperaba—, caminando hasta llegar al río, hasta acercarse a las redondeadas piedras blancas del lecho y la miserable cinta de agua que se arrugaba entre ellas, luminosa, tiesa; mirando y recortando las cinco pilastras del puente; descendiendo sobre matorrales y tierras rojizas para pisar el vaciadero de basuras del hotel, revolver con los zapatos envases de cartulina, frascos, restos de verduras, algodones, papeles amarillos.

Continuaba viéndolo entrar cada mediodía al almacén, con su traje gris de ciudad, el sombrero hacia la nuca, haciéndome una corta, sorda ficción de saludo. Y cuando se arrinconaba para beber la cerveza, con o sin cartas en el bolsillo, yo insistía en examinarle los ojos, en estimar la calidad y la potencia del rencor que podía descubrírsele en el fondo: un rencor domesticado, hecho a la paciencia, definitivamente añadido. Él torcía la cabeza para suprimirme, miraba los rastrojos y los senderos de la sierra, la blancura culminante de las casitas bajo el sol vertical.

A principios de noviembre el enfermero llegó una noche al almacén y se sentó a desafiarme con la sonrisa. Le serví el vino y los platos de queso y salame; maté moscas dormidas, dándole la espalda y silbando.

—¿A que no sabe? —empezó por fin el enfermero—. Es de no creer. Se acuerda del tipo, ¿no? Parece que se va del hotel, parece que se fatigó de tanto conversar o ya no le queda más por decir porque una tarde se cruzó en la terraza con las rubias de Gomeza y tuvo que saludarlas, equivocándose, claro, porque tiene buen cuidado de no acertar nunca y colocar tardes por día o noches por tardes. Para que todos se enteren que está distraído, sin corregirse tampoco, porque lo hace por gusto, para que se sepa que no piensa en los que saluda ni sabe en qué momento vive.

A veces se interrumpía para mascar la visible mezcla de salame y queso, a ratos mascaba hablando; se me ocurrió que el odio del enfermero, apenas tibio, empecinado, no podía haber nacido de la negativa del otro a las inyecciones propuestas por Gunz; que había en su origen una incomprensible humillación, una ofensa secreta.

—Se va del hotel. Se le debe haber acabado la saliva porque una vez habló de la lluvia con el mozo del comedor o le preguntó a la mucama hasta qué horas hay agua caliente. Todavía no se despidió, no juntó fuerzas para pedir la cuenta o dar explicaciones, si es que a alguien le interesara oírlas. Y ya nadie le habla, o si le hablan es por broma, por adivinar si va a decir que sí o que no con la cabeza, con esa cara de quebracho, los ojos de pescado dormido.

Me reí un poco, para contentarlo, para demostrar que lo estaba escuchando, seguí golpeando con la palmeta, no hice preguntas.

—Lo de ojos de pescado dormido lo dijo la Reina, la mucama alta —admitió el enfermero—. Todavía no se despidió. Pero una siesta, en vez de ir a inspeccionar la basura, subió la sierra para hablar con Andrade y alquiló el chalet de las portuguesas. No debe saber nada de lo que pasó en el chalet. Si no habla con nadie, ¿quién le habría de avisar?

—No tiene importancia —dije—. Si ya está enfermo.

—No necesita decírmelo. No lo digo por el contagio. Pero, de todas maneras, una casa donde se murieron tres hermanas y con la prima cuatro... Todas a los veinticinco años. Es curioso.

—No era prima de las Ferreyra —dije bostezando—. Además, él ya no volverá a cumplir los veinticinco.

El enfermero se puso a reír como si yo me hubiera burlado de alguien.

Mientras iba colocando las persianas, imaginé al hombre subiendo la sierra para interrumpir la siesta de Andrade, metiendo su cuerpo largo y perezoso —como un contrasentido, casi como una profanación— en la sombra del negocio de remates y comisiones, interesándose en oportunidades, precios y detalles de construcción con su voz baja e inflexible, dejándose engañar, arrastrando sus ojos por el gran plano caprichoso de la sierra colgado de una pared, y al que atravesaban, en una intentona absurda de poner orden, gruesas líneas blancas correspondientes a calles y avenidas que nunca fueron abiertas, sinuosas, entreveradas rayas azules y rojas que profetizaban los recorridos de ómnibus que nunca habrían de gastar sus gomas trepando y descendiendo la nomenclatura fantástica. El hombre miraba las cabezas de colores de los alfileres con que Andrade marcaba en el plano la ubicación aproximada de las casas que le habían encargado alquilar o vender, tratando de descubrir un destello de aviso, de promesa, filtrado a través del polvo que las empañaba.

Y Andrade, sudoroso, sonriente, ofreciéndole, con cautela al principio, entusiasta y casi apremiante después, las cuatro habitaciones de la casita de las portuguesas, con sus muebles envueltos en cretonas claras, sus toques de gracia marchita, concebidos por muchachas para hacerse compañía, trabajados por los alternativos pares de manos.

Era extraño que el hombre se hubiera decidido por la casa de las Ferreyra y lo raro no estaba sólo en que le sobraran tres habitaciones ni en que desde la galería estuviera obligado a contemplar casi el mismo paisaje que recorría por las tardes: el puente sobre las piedras del río seco, el depósito de basuras del hotel.

—¿Usted hubiera dicho que el tipo tenía plata como para alquilar esa casa? —preguntó el enfermero antes de irse a dormir—. Sin contar con que Andrade debe haberse aprovechado.

Pero pronto nos convenció de que podía gastar todavía más dinero; porque pasaron las semanas y siguió en el hotel, yendo cada tarde, desde el almuerzo hasta la noche, a encerrarse en la casita de la sierra o a descansar en la galería, la cabeza apuntando hacia el paraje cortado casi rectamente por el río, y que limitaban el puente y la falda.

—¿Quién le dice que no estuvo enamorado de alguna de las portuguesas? —comentaba el enfermero—. A lo mejor de la segunda, que era tan conversadora como él. El otro día compró como media docena de botellas en el hotel y se las hizo llevar al chalet. Ahora sabemos para qué se encierra. Además, podía habérselas comprado a usted.

Hasta que un mediodía llegó al almacén antes que el ómnibus que repartía el correo y no se acercó al almanaque ni pidió cerveza. Se recostó en el árbol, afuera, con las manos en los bolsillos del pantalón, pierniabierto, por primera vez sin corbata ni sombrero.

La mujer bajó del ómnibus, de espaldas, lenta, ancha sin llegar a la gordura, alargando una pierna fuerte y calmosa hasta tocar el suelo; se abrazaron y él se apartó para ayudar al guarda que removía valijas en el techo del coche. Se sonrieron y volvieron a besarse; entraron en el almacén y como ella no quiso sentarse pidieron refrescos en la parte clara del mostrador, buscándose los ojos. El hombre conversaba con vertiginosa constancia, acariciando en las cortas pausas el antebrazo de la mujer, alzando párrafos entre ellos, creyendo que los montones de palabras modificaban la visión de su cara enflaquecida, que algo importante podía ser salvado mientras ella no hiciera las preguntas previsibles.

Bajo los anteojos de sol, la boca de la mujer se abría con facilidad, casi a cada frase del hombre, repitiendo siempre la misma forma de alegría. Me sonrió dos veces mientras los atendí, agradeciéndome favores inexistentes, exagerando el valor de mi amistad o mi simpatía.

—No —dijo él—, no es necesario, no hay ventajas en eso. No es por el dinero, aunque prefiero no usar ese dinero. En el hotel tengo también médico, todo lo necesario.

Ella insistió un rato, cuchicheando sin convicción; debía estar segura de poder desarmar cualquier proyecto del hombre, y de que le era imposible vencer sus negativas distantes, su desapego. Él se apartó del mostrador y fue hasta la sombra del árbol para convencer a Leiva de que los llevara en su coche al hotel; Leiva estaba esperando el ómnibus del sanatorio para recoger a dos mujeres que iban a la ciudad. Terminó por decir que sí; tal vez el hombre le ofreció más di-

nero que el que valía el viaje, tal vez haya pensado que las mujeres estaban obligadas a no moverse del almacén hasta que él volviera.

La mujer de los anteojos oscuros me dirigió
entonces sus cortas, exactas sonrisas.

—¿Cómo lo encuentra? —preguntó; pensé
que él le había hablado de mí en sus cartas, debió
haber mentido sobre conversaciones y amistad.

Tuvo tiempo para decirme, con una voz nueva y jubilosa, como si el informe mejorara algo:

—Debe haber visto el nombre en los diarios,
tal vez se acuerde. Era el mejor jugador de basketball, todos dicen internacional. Jugó contra los
americanos, fue a Chile con el seleccionado, el
último año.

El último año debió haber sido aquel en que
se dieron cuenta de que la cosa había empezado.
Sin alegría, pero excitado, pude explicarme la anchura de los hombros y el exceso de humillación
con que ahora los doblaba, aquel amansado rencor que llevaba en los ojos y que había nacido no
sólo de la pérdida de la salud, de un tipo de vida,
de una mujer, sino, sobre todo, de la pérdida de
una convicción, del derecho a un orgullo. Había
vivido apoyado en su cuerpo, había sido, en cier-
ta manera, su cuerpo.

Acepté una nueva forma de la lástima, lo supuse más débil, más despojado, más joven. Comencé a verlo en alargadas fotos de *El Gráfico*, con pantalones cortos y una camiseta blanca inicialada, rodeado por otros hombres vestidos como él, sonriente o desviando los ojos con, a la vez, el hastío y la modestia que conviene a los divos y los héroes. Joven entre jóvenes, la cabeza brillante y recién peinada, mostrando, aun en la grosera retícula de las sextas ediciones, el brillo saludable de la piel, el resplandor suavemente grasoso de la energía, varonil, inagotable. Lo veía acuclillado, con la cabeza desviada para ofrecer tres cuartos de perfil al relámpago del magnesio, los cinco dedos de una mano simulando apoyarse en una pelota o protegerla; y también en una habitación sombría, examinando a solas, sin comprender, la lámina flexible de la primera radiografía, rodeado por trofeos y recuerdos, copas, banderines, fotografías de cabeceras de banquetes. Podía verlo correr, saltar y agacharse, sudoroso, crédulo y feliz, en canchas blanqueadas por focos violentos, seguro de ser aquel cuerpo largo y semidesnudo, convencido de la eternidad de cada tiempo de veinte minutos y de que el nombre que gritaba la multitud con agradecimiento y exigencia servía para expresarlo, mencionaba algo real y perdurable.

Mientras estuvo la mujer de los anteojos de sol no llegaron los sobres escritos a mano ni los de papel madera. Vivían en el hotel, y el hombre no volvió al depósito de basuras ni a la casita de las portuguesas; paseaban tomados del brazo, alquilaban caballos y cochecitos, subían y bajaban la sierra, sonreían alternativamente, endurecidos, sobre fondos pintorescos, para fotografiarse con la Leica que se había traído ella colgada de un hombro.

—Es como una luna de miel —decía el enfermero, apaciguado—. Lo que le faltaba al tipo era la mujer, se ve que no soporta vivir separado. Ahora es otro hombre; me invitaron a tomar una copa con ellos en el hotel y el tipo me hizo preguntas sobre mil cosas del pueblo. La enfermedad no les preocupa; no pueden estar sin tocarse las manos, se besan aunque haya gente. Si ella pudiera quedarse (se va el fin de semana), entonces sí le apostaría cualquier cosa a que el tipo se cura. ¿No lo ve cuando vienen al mediodía a tomar el aperitivo?

El enfermero tenía razón y no me era posible decirle nada en contra; y, sin embargo, no llegaba a creer y ni siquiera sabía qué clase de creencia estaba en juego, qué artificio agregaba yo a lo que veía, qué absurda, desagradable esperanza me impedía conmoverme, aceptar la felicidad que ellos construían diariamente ante mis ojos, con la insistencia de las manos entre los vasos, con el sonido de las voces que proponían y comentaban proyectos.

Cuando ella se fue, el hombre volvió a visitar la casa que había alquilado, a veces desde la mañana, con un envoltorio de cosas para el almuerzo, y no aparecía hasta la noche, arrinconado en su mesa del hotel, abstraído y lacónico, apresurándose a reconstruir los muros de separación que había derribado catorce días antes, exterminando todo tallo de intimidad con su mirada gris, discretamente desconsolada.

Y también volvieron las cartas, dos días después de la partida de la mujer, emparejados los sobres con las anchas letras sinceras y los escritos con una máquina de cinta gastada.

Así quedamos, el hombre y yo, virtualmente desconocidos y como al principio; muy de tarde en tarde se acomodaba en el rincón del mostrador para repetir su perfil encima de la botella de cerveza —de nuevo con su riguroso traje ciudadano, corbata y sombrero—, para forcejear conmigo en el habitual duelo nunca declarado: luchando él por hacerme desaparecer, por borrar el testimonio de fracaso y desgracia que yo me emperraba en dar; luchando yo por la dudosa victoria de convencerlo de que todo esto era cierto, enfermedad, separación, acabamiento. Entraba mirándome a los ojos, con la insinuación de sonrisa que le ahorraba el saludo, y dejaba de mirarme enseguida de recibir las cartas; las guardaba en el bolsillo del saco, tratando de no apurarse ni tropezar, la cabeza y el cuerpo inmóviles, fingiendo que nada tenían que ver con los cinco dedos que maniobraban con los sobres. A veces pedía cerveza, otras daba las gracias y se iba; entonces sí llegaba a sonreír de verdad y con esta sonrisa y con la voz del agradecimiento sólo buscaba tranquilizarme, decir que yo no era responsable de lo que dijeran las cartas.

—Gunz lo encuentra peor —contaba el enfermero—. Es decir, que no mejora. Estacionario. Usted sabe, a veces nos alegramos si conseguimos un estado estacionario. Pero en otros casos es al revés, el organismo se debilita. ¿Y cómo va a mejorar? Le aseguro que alquiló la casa sólo para emborracharse sin que lo vean. Tendría que irse al sanatorio; si yo tuviera la responsabilidad de Gunz, el tipo ya estaría boca arriba veinticuatro horas por día. Gunz tendría que darle un buen susto.

Asustarlo, pensaba yo; habría que inventar otro mundo, otros seres, otros peligros. La muerte no era bastante, la clase de susto que él mostraba con los ojos y los movimientos de las manos no podía ser aumentado por la idea de la muerte ni adormecido con proyectos de curación.

Así estábamos, como al principio, cuando el pueblo se fue llenando y docenas de hombres y mujeres, con ponchos de colores y gorras, pantalones de montar y anteojos oscuros se desparramaron por la sierra, los caminos, los hoteles, los bares con pista de baile y hasta por el mismo almacén. Era un buen año, era la misma ola que yo había visto llegar quince veces, cada vez más grande, más ruidosa, y más excitada; y el hombre se hundió en ella, el enfermero y las criadas del hotel dejaron de traerme informes, lo perdieron de vista y hasta yo mismo, ocupado por la atención del almacén, le entregaba las cartas a ciegas, desinteresado. Pero no del todo; porque el imaginado duelo continuaba y por las noches, cuando el almacén quedaba vacío o con sólo un grupo de hombres y mujeres que se había refugiado allí para tomar la última copa —porque estaban de vacaciones, porque el salón del almacén era sórdido y sucio, porque el vino del barril los asombraba por malo y áspero, porque nunca se hubieran atrevido a entrar en un lugar así en Buenos Aires—, yo me dedicaba a pensar en él, le adjudicaba la absurda voluntad de aprovechar la invasión de turistas para esconderse de mí, me sentía responsable del cumplimiento de su destino, obligado a la crueldad necesaria para evitar que se modificara la profecía, seguro de que me bastaba recordarlo y recordar mi espontánea maldición, para que él continuara acercándose a la catástrofe.

Poco antes de fin de año dejó de usar el ómnibus para llevar sus cartas a la ciudad; iba a pie desde el hotel y a veces yo lo veía pasar, con su vestimenta sin concesiones al lugar ni al tiempo, abrumado y distraído, tan lejos de nosotros como si nunca hubiera llegado al pueblo, con un brazo rígido, independiente del movimiento de la marcha, la mano hundida en el bolsillo del saco donde yo sabía que estaba la carta recién escrita, apretando la carta con aprensión y necesidad de confianza, como si fuera un arma y como si le fuera imposible prever la forma, el dolor y las consecuencias de sus heridas.

La idea fue del enfermero, aunque no del todo; y pienso, además, que él no creía en ella y que la propuso burlándose no de mí ni del almacén, sino de la idea misma. Estábamos mirando pasar los automóviles, viéndolos entrar y salir, lustrosos y empinados, de las nubes de tierra que alzaban en el camino, cuando la mucama se echó a reír y colocó en el mostrador el vasito de anís. Era la Reina y decían que pensaba casarse con el enfermero.

—Si ese coche negro va para el hotel —dijo la Reina—, vuelve pronto. ¿Lo vio si doblaba? Desde el lunes no tenemos ni un lugarcito. Y eso que en todo sitio armamos camas. No vamos a tener nada hasta febrero.

Ahora estaba seria y orgullosa; terminó el vasito con la boca en pico, mirándome a los ojos, pidiéndome admiración y envidia.

—Y lo mismo pasa en el Royal —dijo el enfermero—. No sé dónde se va a meter la gente. Y siguen llegando. Con decirle que en el Royal tienen todas las mesas tomadas para Nochebuena y el treinta y uno. Yo que usted limpiaba esto con creolina, ponía una radio y daba un gran baile.

La mucama, la Reina, volvió a reírse; pero era sólo de excitación, una risita corta encima del pañuelo con que se enjugaba el sudor y el anís.

—¿Por qué no? —dijo entonces el enfermero, poniendo cara de hombre honrado—. Seriamente se lo digo. Esas dos noches vamos a tener mucha gente que no va a encontrar donde bailar y emborracharse para celebrar. Usted sabe cómo se ponen.

Él sabía, porque yo se lo había dicho. Todos, los sanos y los otros, los que estaban de paso en el pueblo y los que aún podían convencerse de que estaban de paso, todos los que se dejaban sorprender por las fiestas como por un aguacero en descampado, los que habitaban los hoteles y las monótonas casitas rojiblancas, todos adoptaban, desde el atardecer de ambas vísperas, una forma de locura especial y tolerable. Y siempre las fechas les caían encima como una sorpresa; aunque hicieran planes y cálculos, aunque contaran los días, aunque previeran lo que iban a sentir y lucharan para evitar esta sensación o se abandonaran al deseo de anticiparla e irla fortaleciendo para asegurarle una mayor potencia de crueldad. Tenían entonces algo de animales, perros o caballos, mezclaban una dócil aceptación de su destino y circunstancia con rebeldías y espantos, con mentirosas y salvajes intentonas de fuga. Yo sabía que en las dos noches iban a mostrar a los mozos y a los compañeros de mesa, a todos los que pudieran verlos, al remoto cielo de verano sobre los montes, a los espejos empañados de los cuartos de baño, y mostrarles como si creyeran en testimonios imperecederos, sus ojos fervorosos y expectantes, cubiertos de censura y de un brillo endurecido. Sabía que iban a estar gimiendo sin sonido bajo la música, los gritos, las detonaciones, tendiendo sus orejas hacia supuestos llamados, de machos o hembras, de supuestas almas afines que se alzarían al otro lado de la selva, en Buenos Aires, o en Rosario, en cualquier nombre y distancia.

Estuve moviendo la cabeza y alzando los hombros entre el enfermero y la mucama, fingiendo que trataba de recordar y que no había en el recuerdo bastante para convencerme.

—Usted sabe que se ponen como locos —precisó el enfermero, volviéndose hacia la mucama para convertirla en aliada—. Quieren un sitio para bailar y tomarse unas botellas. Cualquier agujero que no sea aquel donde viven.

En aquel momento, ya no necesitaba del enfermero; había tomado una decisión y tenía resueltos casi todos los detalles.

—Muy de veras —dijo la Reina, mientras abría la cartera para pintarse—. Si usted pone más mesas y arregla un poco para que bailen... Música va a tener en la radio.

Yo estaba ya mucho más lejos; pensaba en el árbol, dónde conseguirlo y cómo adornarlo. Así que pude mirar al enfermero con amistad, olvidando la sospecha de que hubiera propuesto los bailes para burlarse de mí y del almacén; lo pude mirar con una sonrisa, recordando que había dicho «cualquier sitio que no sea aquel donde viven», sintiéndome capaz de tolerar que él tuviera más inteligencia de la necesaria para romper ampollas, clavar agujas y llevar dinero al banco cada sábado.

Ella volvió a reír y comentó con entusiasmo las dos noches de baile en el almacén; el enfermero le dijo una broma que contenía una proposición no comprometedora. Nuevamente grave y humilde, repitió:

—En serio le digo. Se puede llenar de plata.

Así que aparecieron mesas y se fueron amontonando en el salón del almacén, algunas prestadas, otras armadas con cajones, tablas y caballetes, y todas las fui cubriendo con papeles de colores. Y el 24, aunque llovió toda la tarde y cayeron después algunos chaparrones, el salón se fue llenando y cada una de las mujeres tuvo una frase de simpatía o un gesto rejuvenecedor al descubrir el pino cargado de reflejos encima del mostrador. A pesar de la lluvia la radio funcionó toda la noche; bailaron un poco apretados, incómodos, mostrando que esto les gustaba, como les gustaba beber en tazas de bordes rotos y resignarse a las bebidas ordinarias y al ajo del matambre. Bailaron, rieron, cantaron y empezaron a irse bajo el aguacero, amigos míos de toda la vida.

Y la noche del 31 fue casi mejor, tuve más gente y hasta armé algunas mesas afuera. Pero a mitad de la noche empecé a sentirme cansado, aunque me ayudaba el chico de los Levy. De modo que cuando el enfermero oyó la bocina y salió afuera y vino a decirme sonriente, casi animándose a golpearme la espalda, que llegaba el ómnibus de la ciudad con algunos pasajeros y lleno de grupos que venían a bailar en el almacén, puse cara de sorpresa y de alegría pero empecé a desear con todas mis fuerzas que terminara la noche.

Tal vez estuvieran todos borrachos; por lo menos yo había vendido lo suficiente. Cantaban y se preguntaban la hora; desde la mesa de los ingleses del Brighton, en un rincón, una mujer se puso a tirar serpentinas, primero a las demás mesas, después para que quedaran colgando de la guirnalda de alambre y flores de papel que atravesaba el salón desde la punta del arbolito de Navidad hasta un barrote de la ventana. Era flaca, rubia, triste, vestida de negro con un gran escote, con un collar de perlas, con un broche de oro encima del corazón, con una mueca nerviosa que le desnudaba la encía superior, una contracción alegre, asqueada y feroz que le alzaba instantáneamente el labio y se deshacía con lentitud; era una mueca que, simplemente, sucedía en su cara, regularmente, antes y después de beber un trago de la mezcla de caña y vino blanco que había inventado el hombre gordo y rojo que presidía la mesa.

Ella se echaba hacia atrás sobre el banquito de cocina, con el rollo de serpentina encima de la cabeza, observando cuidadosa la posición de la guirnalda, ya muy combada y cuyas flores parecían marchitarse; inclinaba de golpe el cuerpo hacia la mesa y el vestido colgaba casi descubriendo el pecho, las redondeces breves y melancólicas, y la serpentina silbaba al estirarse. No erraba nunca, aunque estaba lejos; así que Levy chico y yo teníamos que empujar con las bandejas la cortina de serpentinas y los bailarines las tocaban con las caras, giraban para envolverse en ellas procurando no romperlas, dando vueltas lentísimas, engañando el ritmo de la música.

Atravesamos el escándalo de la medianoche y sólo puedo recordar mi dolor de cabeza, su palpitación irregular y constante y, rodeándolo, la gente de pie alzando vasos y tazas, brindando y abrazándose, confundida con el tiroteo que alguien inició en la sierra y que fue resbalando hasta el Royal, hasta las casas sobre el camino, mezclada con ladridos, con la voz presuntuosa del espíquer en la radio que alguién alzó hasta el aullido. La inglesa flaca, trepada en su banquito, sostenida por dos hombres, comía uvas blancas de un racimo que yo no le había vendido.

No puedo saber si la había visto antes o si la descubrí en aquel momento, apoyada en el marco de la puerta: un pedazo de pollera, un zapato, un costado de la valija introducidos en la luz de las lámparas. Tal vez tampoco la haya visto entonces, en el momento en que empezó el año, y sólo imagine, no recuerdo, su presencia inmóvil situada con exactitud entre el alboroto y la noche.

Pero la recuerdo con seguridad, más tarde, cuando algún grupo decidió marcharse y los demás fueron descubriendo que les era imposible continuar allí, en el almacén, mientras afuera sonaban gritos y risas, los golpes de las puertas de los coches, los motores trepando la cuesta en segunda, hacia el hotel viejo o hacia el caserío de Los Pinos. Entonces sí la recuerdo, no verdaderamente a ella, no su pierna y su valija, sino a los hombres tambaleantes que salían, volviéndose uno tras otro, como si se hubieran pasado la palabra, como si se hubiera desvanecido el sexo de las mujeres que los acompañaban, para hacer preguntas e invitaciones insinceras a lo que estaba un poco más allá del borde de la pollera, de la valija y el zapato iluminados.

Luego está el momento en que me detuve, detrás del mostrador, para mirarla. Sólo quedaban los ingleses del Brighton, los dos hombres fumando sus pipas, las tres mujeres cantando a coro, desanimadas, canciones dulces e incomprensibles, la más flaca estrujando el último paquete de serpentinas. Ahora ella estaba dentro del almacén, sentada cerca de la puerta, la valija entre los zapatos, un pequeño sombrero en la falda, la cabeza alzada para hablar con Levy chico que se moría de sueño. Tenía un traje sastre gris, guantes blancos puestos, una cartera redonda colgada del hombro; lo digo para terminar enseguida con todo lo que era de ella y no era su cara redonda, brillando por el calor, fluctuando detrás de las serpentinas suspendidas de la guirnalda y que empezaba a mover el aire de la madrugada.

El chico Levy la dejó para atender a los ingleses y vino a decirme que querían la cuenta; hice la suma y crucé delante de ella, sin mirarla, evitando ponerla en guardia, para poder continuar observándola desde atrás del mostrador. Pero cuando terminé de acompañar a los ingleses hasta el coche, de darles las gracias, de rechazar los elogios a mi fiesta, y de discutir con el más viejo si el tiempo de la tarde sería o no favorable para pescar en el dique, vi que el enfermero estaba sentado junto a ella. Comprendí que había aprovechado la posición de la muchacha, levantada para encontrar los ojos de Levy chico y pedirle algo; así que el enfermero tuvo que contentarse, todo el tiempo, con una expresión que no era para él, que estaba dirigida a otro, en realidad a cualquiera. Pero esto no lo desanimaba: seguía preguntando, asentía con entusiasmo cada vez que ella murmuraba algo, entendiendo eso y todo lo demás, lo que la muchacha decía y lo que estaba debajo de las palabras, con su pasado y su futuro.

Le dije a Levy chico que fuera cerrando y ordenara un poco.

—¿Te pidió algo la señorita?

—No —dijo, parpadeando, dejando que lo invadieran el sueño y el cansancio, que la cara se le llenara de pecas—. Lo que hay es que dice que tenían que esperarla aquí, que mandó un telegrama, que el tren llegó atrasado.

—¿Quién tenía que esperarla? —pregunté. Pensaba que ella era demasiado joven, que no estaba enferma, que había tres o cuatro adjetivos para definirla y que eran contradictorios.

—¿Quiere que le pregunte? —dijo Levy chico.

—Déjala. Ya vendrán a buscarla o la acomodaremos en el Royal o en cualquier lado. Pero pregúntale si tiene hambre o quiere tomar algo.

Mientras yo no miraba, el chico fue lentamente hasta la mesa y volvió.

—Quiere cerveza, no hay hielo, no tiene hambre.

Estuve moviendo la botella en el depósito de hielo para que se refrescara. «Es demasiado joven», volví a pensar, sin comprender el sentido de «demasiado» ni de qué cosa indeseable la estaba librando a ella, y no sólo a ella, a su juventud. Cuando me enderecé, el enfermero estaba de codos en el mostrador, sonriendo a sus manos, reticente, modesto y triunfal.

—¿Sabe? —empezó, mientras yo secaba la botella y examinaba su vaso.

—Espere —le dije, seguro de la importancia de no escucharlo enseguida. Fui hasta la mesa y destapé la botella, ella me agradeció con la misma cara que había alzado para Levy chico y mantenido junto al enfermero. Pero la cara conservaba bastante de lo que había sido cuando estuvo en la sombra, junto a la puerta del almacén, y tal vez algunos restos del viaje en tren y en ómnibus, y, si yo no lo estaba imaginando, de lo que era a solas y en el amor.

Lo supe en cuanto el enfermero preguntó «¿Sabe?»; o lo había sabido antes y me dejé despistar porque ella era demasiado joven... Pero no tenía motivos para presumir frente al enfermero, de modo que cuando volví al mostrador jugando con la tapa de la botella, soporté que él repitiera la pregunta y se demorara balanceando la sonrisa prologal. Cuando Levy chico fracasó por tercera vez con una persiana le dije que se fuera a dormir, que yo me encargaba de cerrar y que él podía venir a mediodía para ayudarme en la limpieza y cobrar. Todo esto por encima de los hombros del enfermero, de sus brazos cruzados en el mostrador, de su corbata de fiesta y del clavel blanco en el ojal; a través de la sonrisa indelicadamente grosera que continuaba segregando.

—¿Sabe? —le escuché por fin—. Es de no creer. La chica mandó un telegrama avisando que venía y que la esperaran aquí, en la parada, en el almacén. El tren vino atrasado, más de dos horas, y pensaba que la estuvieron esperando y se fueron. Pero no la estuvieron esperando. ¿Se imagina quién? Uno del hotel viejo, que es también uno de la sierra. ¿Adivina? El tipo. Así es la cosa: una mujer en primavera, la chica esta para el verano. Y a lo mejor el tipo tiene el telegrama en el hotel y está festejando en el chalet de las portuguesas, emborrachándose solo. Porque fui esta noche dos veces al hotel viejo, por la solterona del perro y el subcontador, y el tipo no apareció por ninguna parte. Borracho en el chalet, le apuesto. Ella quiere que alguien la acompañe hasta el hotel. Como el teléfono está atrás no se le ocurrió que puede llamar desde aquí. Ahora fíjese: ¿y si el tipo no está? También puede haber recibido el telegrama y no querer venir, es capaz.

—No llegó ningún telegrama; siempre llegan dos días después.

—Bueno —insistió el enfermero—, no pasó por aquí, no se lo trajeron a usted. Pero si era urgente, usted sabe, a veces aprovechan un viaje y lo llevan directo.

—¿Por qué iba a ser urgente? —pregunté casi enfurecido—. ¿Para avisar que llegaba? ¿Ella le dijo que lo mandó urgente? ¿Y por qué no le ofreció el teléfono?

—Sí —dijo el enfermero, impaciente y excusándose—. Pero espere.

—Dígale que entre y que llame al hotel —le dije, curioso, aplacándome—. El telegrama no va a llegar en tres días. O mejor llamamos nosotros.

—Espere, por favor —alzó una mano y sonrió nuevamente—. Llamamos enseguida, naturalmente, y yo puedo conseguir un coche en el Royal para llevarla y si el tipo no está en el hotel la llevamos hasta el chalet. Pero ahora dígame, seriamente: ¿está enferma?, ¿se va a curar?, ¿pulmones? —Estaba borracho, sosteniendo su excitación, dilatando los ojos con una expresión intensa, inteligente—. ¿O se le ocurre que sólo viene, después de la otra de los anteojos de sol, a estar con él para que no se aburra? Dígame. Entonces resulta que el chalecito lo alquiló para esta chica. ¿No le parece una muchacha demasiado joven? —Estaba más borracho de lo que yo había pensado, burlándose, casi insolente; pero yo sentía que lo más fuerte era su intranquilidad, su confusión, y que me había elegido para odiar en mí una multitud de cosas.

—Vamos a telefonear —le dije, tocándole un brazo.

Ahora ella se había colocado de pie frente a la puerta del almacén, mirando hacia afuera, con las piernas firmes y las manos siempre enguantadas, blancas, unidas sobre la cadera, como si tuviera la estupidez necesaria para estar esperando que el telegrama llegara de un momento a otro al hotel viejo y obligara al hombre a bajar a buscarla. Fui hasta la puerta y le hablé y ella contestó evitando mirarme, con la cara dirigida hacia la oscuridad, las lucecitas escasas en la sierra. No le parecía bien llamar al hotel a esa hora; pedía que la llevaran en auto hasta allí o la acompañaran a pie o le indicaran el camino. Cerré a medias el almacén mientras el enfermero cruzaba hasta el Royal. Cuando el enfermero detuvo frente a nosotros una *voiturette* rojiza con chapa de Oncativo y sonó el teléfono y él fue a atenderlo, tomé la resolución de no pensar, temeroso de hallar los adjetivos que correspondían a la muchacha y de hacerlos caer, junto con ella, encima del hombre que dormía en el hotel o en la casita. Cuando el enfermero se nos acercó y me dijo —no me esperen, váyanse nomás— que tenía que volver al Royal para darle una inyección a la rubia de Lamas, que estaba peor, que ya no conocía, supe de pronto que los sobres marrones escritos a máquina eran de ella, y que la mansa alegría de su cara me había sido anticipada, una vez y otra, con minuciosas depresiones correspondientes por la dulzura incrédula del perfil del ex jugador de basketball.

Sabía esto, muchas cosas más, y el final inevitable de la historia cuando le acomodé la valija en la falda e hice avanzar el coche por el camino del hotel. No intenté mirarla durante el viaje; con los ojos puestos en la luz que oscilaba elástica en el camino de tierra, no necesité mirarla para ver su cara, para convencerme de que la cara iba a estar, hasta la muerte, en días luminosos y poblados, en noches semejantes a la que atravesábamos, enfrentando la segura, fatua, ilusiva aproximación de los hombres; con la pequeña nariz que mostraba, casi en cualquier posición de la cabeza, sus agujeros sinuosos, inocentes; con el labio inferior demasiado grueso, con los ojos chatos, sin convexidad, como simples dibujos de ojos hechos con un lápiz pardo en un papel pardo de color más suave. Pero no enfrentando sólo a los hombres, claro, a los que iban a llegar después de este a quien nos íbamos acercando, y a los que ella haría seguramente felices, sin mentirles, sin tener que forzar su bondad o su comprensión, y que se separarían de ella ya condenados a confundir siempre el amor con el recuerdo de la cara serena, de las puntas de sonrisa que estaban allí sin motivo externo, y hasta sin motivo nacido en su pensamiento o en su corazón, la sonrisa que sólo se formaba para expresar la placidez orgánica de estar viva, coincidiendo con la vida. No sólo enfrentando a los hombres, la cara redonda y sin perfumes que no trataba de resistirse a las sacudidas del coche, que se dejaba balancear asintiendo, con una cándida, obscena costumbre de asentir; porque los hombres sólo podían servirle como símbolos, mojones, puntos de referencia para un eventual ordenamiento de la vida, artificioso y servicial. Sino que la cara había sido hecha para enfrentar lo que los hombres representaban y distinguían; interminablemente ansiosa, incapaz de sorpresas verdaderas, transformándolo todo de inmediato en memoria, en remota experiencia. Pensé en la cara, excitada, alerta, hambrienta, asimilando, mientras ella apartaba las rodillas para cada amor definitivo y para parir; pensé en la expresión recóndita de sus ojos planos frente a la vejez y la agonía.

—¿Usted lo conoce? —preguntó; tenía los codos sobre la valija y hacía girar el sombrerito.

—Viene al almacén.

—Ya sé. ¿Cómo está?

—Sería mejor preguntarle al médico. Pero va a estar bien, dentro de unos minutos. Usted sabe.

—Ya sé —volvió a decir.

Doblé a la derecha y entramos en el parque del hotel viejo. No me dejó cargar la valija; avanzó, un poco atrás, alargando los pasos, la cara alzada hacia las estrellas que empezaban a esfumarse. Hablé con el sereno y esperamos en el hall, de pie y separados, en silencio; el sereno apretaba el botón del teléfono y ella hacía girar la cabeza paciente y ansiosa, conociendo para el resto de su vida las distancias, el piso, las paredes, los muebles de un lugar que el hombre había atravesado diariamente.

Cuando él apareció en la escalera, flaco, insomne, en camisa, con una peligrosa inclinación a la burla, anticipando, escalón por escalón, antes de ver a la muchacha, antes de buscarla, su desesperanza, sus rápidas conformidades, hice un saludo con la mano y caminé hasta la puerta. Ella sonreía con la cabeza levantada hacia la excesiva lentitud del hombre y no se volvió cuando me dijo gracias, dos veces, en voz alta. Desde afuera, a través de la cortina de la puerta de vidrio, vi que el hombre se detenía, apoyándose en el pasamanos, encogido, hecha grotesca e infantil, por un segundo, su vieja, amparada incredulidad. Me quedé hasta verlos en la escalera, abrazados e inmóviles.

No hará bien a nadie, ni a ellos ni a mí, pensar, resolví cuando regresaba en el coche; el gerente del Royal estaba moviendo mesas ayudado por un peón; me senté para charlar y beber alguna cosa.

—Si fuera fin de año todo el año con sólo un año de trabajo yo no trabajo más —dijo el gerente, con rapidez, mostrando que lo había dicho muchas veces; es gordo, calvo, rosado, triste, joven—. La rubia de Lamas parece que no pasa la noche; el enfermero está con ella y los dos médicos. Justo al empezar el año.

Alguien tenía la ventana abierta en el primer piso del hotel; estaban bailando, se reían y las voces bajaban bruscamente hasta un tono de adioses, de confidencias concluyentes; pasaban bailando frente a la ventana, y el disco era *La vida color de rosa*, en acordeón.

—Necesitamos un poco más de propaganda y un poco menos de controles —dijo el gerente. No le importaba el tema, espiaba, como siempre, mi cara y mis movimientos, nervioso y agradecido—. ¿Otra cerveza, por favor? La industria hotelera es muy especial, no puede ser manejada como los demás negocios. Aquí, usted lo sabe muy bien, el factor personal es decisivo.

La noche ya se había hecho blanca y los gallos gritaban escalonados en la sierra; dejaron de bailar y una mujer cantó, en voz suave, en francés, *La vida color de rosa*, que habían vuelto a poner en el tocadiscos.

—Usted todavía puede hacer una buena fiesta para el día de Reyes —le dije al gerente; la mujer de arriba cantaba marcando mucho el compás, exagerando las pausas, como si cantara para que otro fuera aprendiendo—. Y si el tiempo ayuda, puede estar seguro de que el hotel se le va a llenar todos los fines de semana.

—Pienso lo mismo —contestó el gerente; destaparon otra botella y yo alcé mi vaso.

—Va a ser un buen año, esté seguro.

—Todos los años impares son buenos —asintió él.

Desde las primeras horas del año impar el hombre se fue del hotel viejo; lo supieron al día siguiente, a media mañana, cuando apareció para llevarse algunas ropas —no todas, no desocupó la habitación aunque no vino a dormir allí mientras la muchacha estuvo en el pueblo— y para combinar que le llevaran diariamente una vianda con comida a la casa de las portuguesas.

De modo que se fueron para la sierra poco después que yo dejé de verlos abrazados en la escalera, cuando el cuerpo de la muchacha corregía la furia inicial para ofrecer solamente cosas que no exigían correspondencia: protección, paciencia, variantes del desvelo. Deben haber subido hasta la pieza, pero sólo por un momento, sólo porque él necesitaba vestirse y ella quería mirar los muebles que él usaba. Se fueron caminando en la noche y subieron la sierra, él con la valija de la muchacha y tomándole una mano para guiarla, medio paso más adelante, orgulloso e insistente, disuelta su impaciencia por llegar en aquella sensación de dominio, de autoridad benigna, disfrutándola como si la robara, sabiendo que en cuanto cerraran la puerta de la casita iba a quedar nuevamente despojado, sin nada perdurable para dar, sin otra cosa auténtica que la antigua y amansada desesperación.

La muchacha se quedó menos de una semana y en ninguno de aquellos días volví a verlos, ni nadie me dijo haberlos visto; en realidad, ellos existieron para nosotros sólo en el viaje diario, al mediodía, del peón del hotel que remontaba la sierra con la vianda y un diario bajo el brazo. Y existieron, también para mí, en las dos cartas que llegaron, los sobres con las letras azules y vigorosas que guardé en el fondo del cajón de la correspondencia, separados de los demás. Y todo lo que yo podía pensar de ellos —y para ellos, además, con el deseo vago y supersticioso de ayudarlos— era el trabajoso viaje en la oscuridad, tomados de la mano, silenciosos, él un poco adelantado, advirtiéndole los peligros con la presión de los dedos, la ancha espalda doblada como para simular el esfuerzo de arrastrarla, las cabezas inclinadas hacia el suelo desparejo e invisible, el ruido de los primeros pájaros encima de sus hombros, paso a paso, regulares y sin prisa sobre la humedad de la tierra y del pasto, como si la casa estuviera a una altura infinita, como si el tiempo se hubiera inmovilizado en el primer amanecer del año.

No volví a verlos hasta la víspera de Reyes; no pude verlos de otra manera que andando cabizbajos, ligados por dos dedos, a través y hacia arriba de una noche en suspenso, hasta que el enfermero cruzó por la tarde desde el Royal, puso un codo sobre el mostrador y murmuró sin mirarme, con la pronunciación de alguno de los ingleses del Brighton:

—Una cerveza helada, si le viene bien. —Se echó a reír y me palmeó—. Así están las cosas. Por fin dejó la cueva y almorzaron en el hotel; ella se va hoy. Puede ser que ya no aguantaran más eso de estar juntos y encerrados. De todos modos, parece un suicidio. Se lo dije a Gunz y tuvo que darme la razón. Y el tipo siguió con la cuenta del hotel, completa, toda la semana. Y, hablando de todo, hace mal también por ella; no es caballeresco, no debía haberla llevado al hotel, donde todo el mundo lo vio vivir con la otra. Todos saben que han dormido juntos en el chalet desde que ella llegó. Y ella, puede imaginarse, todo el almuerzo mirando el plato, escondiendo los ojos. En todo caso, él no debiera exponerla, provocar mostrándola. Yo no lo haría, ni usted.

Fue entonces cuando los vi llegar del brazo por el camino, el hombre cargado con la valija y vestido como si fuera a tomar el tren para la capital; conversaron un poco detenidos bajo el sol y después doblaron hacia el almacén. Me incliné para abrir el cajón de la correspondencia y volví a cerrarlo sin meter la mano. Los miré como si no los hubiera visto nunca, pensando qué podría descubrirles si los enfrentara por primera vez. Era la despedida, pero él estaba alegre, intimidado, incómodo, mirándonos a mí y al enfermero con una sonrisa rápida.

Se sentaron junto a la reja, en la mesa del enfermero, la mesa de los ingleses a fin de año. Pidieron café y coñac, pidió ella, la muchacha, sin apartar los ojos de él. Susurraban frases pero no estaban conversando; yo continuaba detrás del mostrador y el enfermero delante, dándome la espalda, mostrando a la puerta la cara de entendimiento y burla que hubiera querido dirigir a la mesa. El enfermero y yo hablamos del granizo, de un misterio que podía sospecharse en la vida del dueño de El Pedregal, del envejecimiento y su fatalidad; hablamos de precios, de transportes, de aspectos de cadáveres, de mejorías engañosas, de los consuelos que acerca el dinero, de la inseguridad considerada como inseparable de la condición humana, de los cálculos que hicieron los Barroso sentados una tarde frente a un campo de trigo.

Ellos no hacían más que murmurar frases, y esto sólo al principio; pero no conversaban: cada uno nombraba una cosa, un momento, construía un terceto de palabras. Alternativamente, respetando los turnos, iban diciendo algo, sin esforzarse, descubriéndolo en la cara del otro, deslumbrados y sin parpadear, con un corto susurro, jugando a quién recordaba más o a quién recordaba lo más importante, despreocupados de la idea de victoria. No dejé de vigilarlos, pero ni yo ni el enfermero podíamos oírlos. Y cuando andábamos por el reumatismo del dueño de El Pedregal y por el amor exagerado que tenía por los caballos, ellos dejaron de hablar, siempre con las miradas unidas. El enfermero no se dio cuenta del silencio o creyó que no era más que una pausa entre las frases con que probaban suerte. Recostado con la cintura en el mostrador, desviando un poco hacia mí la cabeza dirigida a la puerta, dijo:

—Leiva fue una especie de capataz en El Pedregal. Especie, digo. Me imagino que para el gringo no sería más que un sirviente. Lo demás será mentira; pero cuando la potranca se quebró, el gringo la mató de un tiro y aquel día no comieron en la estancia porque el gringo no quiso. Ni en los puestos.

Estaban callados, mirándose, ella boquiabierta; el tipo ya no le acariciaba la mano: había puesto la suya sobre un hombro y allí la tenía, quieta, rígida, mostrándomela. Seguí hablando para que el enfermero no se volviera a mirarlos; hablé del cuerpo gigantesco del gringo, torcido, apoyado en un bastón; hablé del empecinamiento, hablé del hombre y de la potranca, de la voz extranjera que asestaba, terca, persuasiva, segura del remate inútil, contra la cabeza nerviosa del animal, contra el ojo azorado.

Y ellos estaban mudos y mirándose, a través del tiempo que no puede ser medido ni separado, del que sentimos correr junto con nuestra sangre. Estaban inmóviles y permanentes. A veces ella alzaba el labio sin saber qué hacía; tal vez fuera una sonrisa, o la nueva forma del recuerdo que iba a darle el triunfo, o la confesión total, instantánea de quién era ella.

Algunos entraron a comprar y a traerme historias; un camionero atracó para pedir agua y una dirección; el último ómnibus para Los Pinos pasó sacudiéndose, desganado, cuando el sol empezaba a prolongar la sombra de la sierra. Adiviné la hora y miré el despertador colgado en un estante. Ellos estaban quietos en la mesa, la muchacha con los brazos cruzados sobre el pecho, empujando el respaldo de la silla para ganar distancia y ver mejor; él, de espaldas, ancho y débil, la mano en el hombro, el sombrero escondiéndole la nuca. «Sin otro propósito que el de mirar, sin fatiga, sin voluntad», pensé a medida que daba vueltas junto a ellos, sin resolverme a decirles que el ómnibus para la ciudad debía estar por llegar. Ahora pude ver la cara del hombre, enflaquecida, triste, inmoral. El enfermero me miraba con una sonrisa cargada de paciencia.

—El ómnibus —les dije—. Va a llegar enseguida.

Movieron la cabeza para asentir; volví a mi sitio en el mostrador y hablé con el enfermero de que es inútil dar vueltas para escapar al destino. El enfermero recordó varios ejemplos.

El ómnibus se detuvo frente al almacén y el guarda entró a tomar una cerveza; estuvo mirando la valija junto a la muchacha.

—No sé —dijo el enfermero, haciendo una sonrisa maquinalmente envilecida—. Podemos preguntar. —Parecía enfurecido cuando golpeó las manos—: ¡Último ómnibus!

Ellos no se movieron; el enfermero encogió los hombros y apoyó de nuevo su cintura en el mostrador; yo sonreí al guarda, cara a cara. Ya se había ido el ómnibus y empezaba la noche cuando pensé que no bastaba que ellos estuvieran fuera de todo, porque este todo continuaba existiendo y esperando el momento en que dejaran de mirarse y de callar, en que la mano del hombre se desprendiera de la tela gris del traje para tocar a la muchacha. Siempre habría casas y caminos, autos y surtidores de nafta, otra gente que está y respira, presiente, imagina, hace comida, se contempla tediosa y reflexiva, disimula y hace cálculos.

De pie contra la luz violácea de la puerta —él cargaba la valija y me sonreía, parpadeando; autorizándome a vivir—, la muchacha alzó una mano y la puso sobre la mejilla del hombre.

—¿Vas a ir a pie? —preguntó.

Él continuaba mirándome.

—A pie. ¿Por qué no? A veces camino mucho más que eso. No necesitamos apurarnos para alcanzar el tren.

Ensayaba, para mí, para los otros, los demás que yo representaba, asomándome detrás de la deliberada pesadez del enfermero, servicial y como para una fotografía, una sonrisa de la que no lo hubiera creído capaz y que, no obstante, ella contemplaba sin asombro; una sonrisa con la que proclamaba su voluntad de amparar a la muchacha, de guardarla de preocupaciones transitorias, de suavizar la confesada imposibilidad de mantenerla aparte de lo que simbolizábamos el enfermero y yo, el almacén, la altura de la sierra.

Movieron las manos para despedirse y salieron al camino. Tenían que hacer dos cuadras a lo largo de la cancha de tenis del Royal y los fondos del tambo; después doblarían a la derecha para andar entre paredones de tierra rojiza, sobre un sendero zigzagueante, en declive, hasta surgir frente al foco y la bandera del puesto policial. Marcharían del brazo, mucho menos rápidos que la noche, escuchando distraídos el estrépito de alharaca y disciplina que les iba a llegar desde la izquierda, desde los edificios flamantes del campo de aviación. Tal vez recordaran aquella marcha en otra noche, cuando llegó la muchacha y subieron la sierra hasta la casita; tal vez llevaran con ellos, secreto y actuante, pero no disponible aún como recuerdo, el viaje anterior, los sentidos obvios que podían añadirle y extraerle.

Las cartas volvieron a llegar, ahora armoniosamente: una escrita con la ancha letra azul junto con una a máquina. No sentía lástima por el hombre sino por lo que evocaba cuando venía a beber su cerveza y pedir, sin palabras, sus cartas. Nada en sus movimientos, su voz lenta, su paciencia delataba un cambio, la huella de los hechos innegables, las visitas y los adioses. Esta ignorancia profunda o discreción, o este síntoma de la falta de fe que yo le había adivinado, puede ser recordado con seguridad y creído. Porque, además, es cierto que yo estuve buscando modificaciones, fisuras y agregados, y es cierto que llegué a inventarlos.

En esto estábamos mientras iba creciendo el verano, en enero y febrero, y los rebaños de turistas llenaban los hoteles y las pensiones de la sierra. Estábamos, él y yo —aunque él no lo supiera o creyera saber otra cosa—, jugando durante aquel verano reseco al juego de la piedad y la protección. Pensar en él, admitirlo, significaba aumentar mi lástima y su desgracia. Me acostumbré a no verlo ni oírlo, a darle su cerveza y sus cartas como si las acercara a cualquier otro de los que entraban al almacén con los disímiles uniformes de verano.

—No crea que no me doy cuenta —decía el enfermero—. No quiere hablar del tipo. ¿Y por qué? ¿También a usted lo embrujó? Es de no creer lo que pasa en el hotel viejo. No saluda a nadie pero nadie quiere hablar mal de él. De la muchacha, sí. Y ni siquiera con Gunz; no se puede hablar con Gunz de la muerte del tipo. Como si él no supiera, como si no hubiera visto morir a cien otros mejores que él.

Todos los mediodías el hombre recogía sus cartas, tomaba una botella de cerveza y salía al camino, insinuando un saludo, metiéndose sin apuros en el insoportable calor, atrayéndome un segundo con la ruina incesante de sus hombros, con lo que había de hastiado, heroico y bondadoso en su cuerpo visto de atrás en la marcha.

Acababa de terminar el carnaval cuando la mujer bajó del ómnibus, dándome la espalda, demorándose para ayudar al chico. No se detuvo junto al árbol ni buscó la figura larga y encogida del hombre; no le importaba que estuviera o no allí, esperándola. No lo necesitaba porque él ya no era un hombre sino una abstracción, algo más huidizo y sin embargo más vulnerable. Y acaso estuviera contenta por no tener que enfrentarlo enseguida, tal vez hubiera organizado las cosas para asegurarse esta primera soledad, los minutos de pausa para recapitular y aclimatarse. El chico tendría cinco años y no se parecía a ella ni a él; miraba indiferente, sin temor ni sonrisas, muy erguida la cabeza clara, recién rapada.

No era posible saber qué se traía ella detrás de los lentes oscuros; pero ahí estaba el niño, con las piernas colgando de la silla, y ahí estaba ella, acercándole el refresco, acomodándole el nudo de la corbata escocesa, aplastándole con saliva el pelo sobre la frente. No quiso reconocerme porque tenía miedo de cualquier riesgo imprevisto, de delaciones y pasos en falso; me saludó, al irse, moviendo lo indispensable la boca, como si los labios, los anteojos, la palidez, la humedad bajo la nariz, todo el cuerpo grande y sereno no fuera otra cosa que un delegado de ella misma, del propósito en que ella se había convertido, y como si considerara necesario mantener este propósito libre de roces y desgastes, sin pérdidas de lo que había estado reuniendo y fortificando para dar la batalla por sorpresa en el hotel viejo. Y acaso ni siquiera eso; acaso no me veía ni me recordaba y, en un mundo despoblado, en un mundo donde sólo quedaba una cosa para ganar o perder, persistiera, sin verdaderos planes, con sencillez animal, en la conservación apenas exaltada de la franja de tiempo que iba desde su encuentro en una sala de baile, en un reparto de medallas y copas, con el pívot de un equipo internacional de basketball, hasta aquella tarde en mi almacén, hasta momentos antes de colarse en una pieza de hotel, empujando con las rodillas al niño impávido para apelar, sucesiva, alternativamente, a la piedad, a la memoria, a la decencia, al sagrado porque sí.

Estábamos los tres en el almacén vacío, esperando que sonara la bocina del ómnibus para Los Pinos. Le miré los hombros redondos, la lentitud, protectora, casi irónica, de los movimientos con que atendía al chico e iba vaciando su propio vaso de naranjada. Comparé lo que podían ofrecer ella y la muchacha, inseguro acerca de ventajas y defectos, sin tomar partido por ninguna de ellas. Sólo que me era más fácil identificarme con la mujer de los anteojos, imaginarla entrando en la pieza del hotel, prever el movimiento de retención e impulso con que ella trataría de cargar persuasiones en el niño para lanzarlo enseguida hacia el largo cuerpo indolente en la cama, hacia la cara precavida y atrapada alzándose del desabrigo de la siesta, reivindicando su envejecido gesto de entereza desconfiada.

Entre las dos, hubiera apostado, contra toda razón, por la mujer y el niño, por los años, la costumbre, la impregnación. Una buena apuesta para el enfermero. Porque al día siguiente, en un paisaje igual, con idéntica luz que el anterior, vi la pequeña valija oscilando frente a la puerta del ómnibus, el mismo traje gris, el sombrerito estrujado por la mano enguantada, blanca.

Entró con la cabeza demasiado alta, aunque con aquella inclinación que la atenuaba, que parecía insinuar, engañosamente, la capacidad de separarse, sin verdadera lucha, de todo lo que viera o pensara. Me saludó como desafiándome y se mantuvo derecha frente al mostrador, la valija entre los zapatos, tres dedos de una mano hundidos a medias en el bolsillo de la chaqueta.

—¿Se acuerda usted de mí? —dijo, pero no era una pregunta—. ¿A qué hora tengo algo para el hotel viejo?

—Tiene una media hora de espera. Si prefiere, podemos tratar de conseguir un coche.

—Como la otra vez —comentó ella sin sonreír.

Pero yo no iba a llevarla, en todo caso. Tal vez haya pensado en la imposibilidad de repetir el primer viaje y la sorpresa, o en la melancolía de intentarlo. Ella dijo que prefería esperar y se sentó en la mesa que ya conocía; comió la comida del enfermero, queso, pan y salame, sardinas, todo lo que yo podía darle. Con un brazo apoyado en la reja, me miraba ir y venir, ensayaba conmigo la expresión tolerante y desplegada que había imaginado durante el viaje.

—Porque cuando llegue ya habrán almorzado —explicó, ayudándose a creer que un servicio de comedor a deshora era el trastorno más grave que llevaba al hotel.

Los escasos clientes entraban en la sombra, venían hacia mí y el mostrador con las cabezas inmóviles, los ojos clavados en mi cara; pedían algo en voz baja, despreocupados de que los entendiera o no, como si sólo hubieran venido para interrumpir mi vigilancia, y giraban enseguida para mirarla, curioseando en los platos colocados frente a la muchacha. Después me buscaban los ojos con aparatosa sorpresa, con burla y malicia; y todos, hombres y mujeres, sobre todo las inconformables, fatigadas mujeres que bajaban desde la sierra en la hora de la siesta, querían encontrar en mí alguna suerte de complicidad, la coincidencia en una vaga condenación. Era como si todos supieran la historia, como si hubieran apostado a la misma mujer que yo y temieran verla fracasar. La muchacha continuaba comiendo, sin esconder la cara ni ostentarla. Después encendió un cigarrillo y me pidió que me sentara a tomar café con ella.

De modo que pude jugar con calma a pronósticos y adivinaciones, preocuparme seriamente por sus defectos, calcular sus años, su bondad. «Estaría más cómodo si la odiara», pensaba. Ella me sonrió mientras encendía otro cigarrillo; continuaba sonriendo detrás del humo y de pronto, o como si yo acabara de enterarme, todo cambió. Yo era el más débil de los dos, el equivocado; yo estaba descubriendo la invariada desdicha de mis quince años en el pueblo, el arrepentimiento de haber pagado como precio la soledad, el almacén, esta manera de no ser nada. Yo era minúsculo, sin significado, muerto. Ella venía e iba, acababa de llegar para sufrir y fracasar, para irse hacia otra forma de sufrimiento y de fracaso que no le importaba presentir. Y debió darse cuenta de que yo respiraría mejor si pudiera odiarla; porque quiso ayudarme y continuó sonriéndome entre las frases inútiles, detrás de los dedos rígidos, que movían el cigarrillo, graduando según mi necesidad la sostenida sonrisa cínica, emocionante, el brillo hostil de los ojos.

Y acaso, según se me ocurrió después, no estuviera haciendo aquello —la sonrisa, la indolencia, el descaro— solamente para facilitar mi odio, mi comodidad, mi regreso a la resignación; acaso buscara también paralizar mi lástima en el contiguo futuro, en la hora de la derrota que yo había profetizado o en la de la otra, definitiva, lejana, más allá del orgullo, y que ella estaba atribuyendo, como una fatalidad, a su vida.

—Vivir aquí es como si el tiempo no pasara, como si pasara sin poder tocarme, como si me tocara sin cambiarme —estaba mintiendo yo cuando llegó el ómnibus.

Ella alisó un billete de diez pesos sobre la hoja de diario que hacía de mantel, volvió a ponerse los guantes y caminó hasta el mostrador con la liviana valija.

«No viene a quedarse», pensé mientras contaba el vuelto; «no trae nada más que ropa para una noche que no va a tener, siquiera. Sabe que viajó para oír una negativa, para ser razonable y aceptar, para permanecer en el resto del tiempo del hombre como un mito de dudoso consuelo.» Apenas murmuró un saludo, con la sonrisa hacia el piso.

Continué viéndola y aún la recuerdo así: soberbia y mendicante, inclinada hacia el brazo que sostenía la valija, no paciente, sino desprovista de la comprensión de la paciencia, con los ojos bajos, generando con su sonrisa el apetito suficiente para seguir viviendo, para contar a cualquiera, con un parpadeo, con un movimiento de la cabeza, que esta desgracia no importaba, que las desgracias sólo servían para marcar fechas, para separar y hacer inteligibles los principios y los finales de las numerosas vidas que atravesamos y existimos. Todo esto frente a mí, al otro lado del mostrador, todo este conjunto de invenciones gratuitas metido, como en una campana, en la penumbra y el olor tibio, húmedo, confuso, del almacén. Detrás del chófer del ómnibus la muchacha había caminado copiando la inclinación de los hombros del ex jugador de basketball.

Entonces, aquella misma tarde o semanas después, porque la precisión ya no importa, porque desde aquel momento yo no vi de ellos nada más que sus distintos estilos de fracaso, el enfermero y la mucama, la Reina, empezaron a contarme la historia del epílogo en el hotel y en la casita. «Un epílogo», pensaba yo, defendiéndome, «un final para la discutible historia, tal como estos dos son capaces de imaginarlo.»

Se reunían en el almacén, él y la mucama, todas las tardes, después del almuerzo. Podían verse en cualquier parte y a nadie en el pueblo o en el mundo le hubiera importado verlos juntos, ninguno habría pensado que no estaban hechos para encontrarse. Pero se me ocurre que el enfermero, o ella misma, la Reina, gruesa, con la boca entreabierta, con esos ojos fríos, inconvincentes, de las mujeres que esperaron demasiado tiempo, alguno de ellos supuso que agregaban algo si se citaban en la siesta en el almacén, si fingían —ante mí, ante los estantes, ante las paredes encaladas y sus endurecidas burbujas— no conocerse, si se saludaban con breves cabezadas y fraguaban miserables pretextos para reunirse en una mesa y cuchichear.

Debían sentirse muy pobres, sin verdaderos obstáculos, sin persecuciones creíbles; terminaban siempre por volver hacia mí las redondas caras sonrientes, cuidando no rozarlas; sospechaban que yo hubiera apostado por la mujer ancha de los anteojos oscuros y se dedicaban a su defensa, a la cuidadosa, solidaria enumeración de las virtudes que ella poseía o representaba, de los valores eternos que la más vieja de las dos mujeres había estado vindicando, durante cuarenta y ocho horas, en el hotel y en la casita.

—Habría que matarlo —decía la mucama—. Matarlo a él. A esa putita, perdóneme, no sé qué le haría. La muerte es poco si se piensa que hay un hijo.

—Un hijo de por medio —confirmaba el enfermero; pero me sonreía dichoso, vengativo, seguro de mi imposibilidad de disentir—. Usted la llevó al hotel aquella noche de fin de año. Claro que no podía imaginarse.

—¡Cómo iba a saber! —chillaba ella con escándalo, buscando mis ojos para absolverme.

Yo les escuchaba contar y reconstruir el epílogo; pensaba en el pedazo de la tierra, alto, quebrado, en que estábamos viviendo, en las historias de los hombres que lo habían habitado antes que nosotros; pensaba en los tres y el niño, que habían llegado a este pueblo para encerrarse y odiar, discutir y resolver pasados comunes que nada tenían que ver con el suelo que estaban pisando. Pensaba en estas cosas y otras, atendía el mostrador, lavaba los vasos, pesaba mercaderías, daba y recibía dinero; era siempre en la tarde, con el enfermero y la Reina en el rincón, oyéndolos murmurar, sabiendo que se apretaban las manos.

Cuando la muchacha llegó al hotel, el hombre, la mujer y el niño estaban todavía en el comedor, callados, revolviendo las tazas del café.

Ella, la mujer, levantó la cabeza y la vio. La otra se había detenido a dos mesas de distancia, con la valija que no quiso dejar en la portería, proclamando con su sonrisa alta y apenas arrogante, con la calma de los ojos chatos, que no quería herir ni ser herida, que no le importaba perder o ganar, y que todo aquello —la reunión del triunvirato en las sierras, las previsibles disputas, las ofertas de sacrificio— era, acababa de descubrirlo, grotesco, vano, sin sentido, como tendría que ser injusto cualquier acuerdo a que llegaran. Sin embargo, a pesar de la mansa displicencia con que miraba las mesas vacías, las copas manchadas y las servilletas en desorden, fingía —y esto era para Reina repugnante e inexplicable— no haber distinguido el grupo macilento, retrasado sobre los pocillos de café tibio.

—Ganaba tiempo, hasta ella misma se avergonzaba viendo la criatura.

La mujer la vio detenerse, avanzar sin ganas, y la reconoció enseguida. Nunca había visto una foto suya, nunca logró arrancar al hombre adjetivos suficientes para construirse una imagen de lo que debía temer y odiar. Pero, de todas maneras, manejó caras, edades, estaturas; y los perecederos conjuntos que logró alzar, los cambiantes

blancos para el rencor —que eran, simultánea-
mente, fuentes de autopiedad, de un resucitado,
invertido orgullo de noviazgo y luna de miel—,
no podían ser relacionados con la muchacha que
acercaba a la mesa su sonrisa diagonal e intimi-
dada. El hombre se alzó, las espaldas más tristes
y disminuidas, las yemas de los diez dedos en el
mantel, colgándole de los labios el lento cigarrillo
que se concedía en las sobremesas y que no atinó
a desprender. Murmuró un nombre, nada más,
no dijo palabras de bienvenida o presentación;
y no volvió a sentarse porque la muchacha no lo
hizo: se quedó de pie, alta sobre los vidrios oscuros y la boca oscura de la otra, sobre la curiosidad
parpadeante del niño, sin necesitar ya su sonrisa,
pensativa, liberada de promesas, frente al borde
del mantel cuadriculado de los almuerzos como
había estado una hora antes frente a mí y al mostrador, con una punta de la valija apoyada en una
silla para soportar la brusca invasión del cansancio.

La mujer olvidó las anticipaciones que había
construido, recordó haber imaginado a la muchacha exactamente como era, reconoció la edad, la
transitoria belleza, el poder y la falsedad de la expresión honrada y candorosa. Estuvo, nuevamente,
odiándola, sin esforzarse, guiada por una larga

costumbre, asistida por la repentina seguridad de haberla odiado durante toda su vida.

La mujer dejó caer en el café lo que quedaba de su cigarrillo y fue bajando la cabeza; se miró la mano con los anillos y acarició al niño, sonriéndole, removiendo los labios con sonidos que no trataban de formar palabras, como si estuviera a solas con él. Entonces el hombre, largo, doblado, se animó a despegar las manos del mantel, a quitarse el cigarrillo de la boca y a ofrecer una silla a la muchacha. Pero ella, prestando ahora su cara a una sonrisa que nada tenía que ver con la arrogancia, con el desdén ni con el amor, sin mirar los ojos del hombre, apartó la valija del asiento y recorrió de vuelta el camino que había hecho entre las mesas.

—Yo no le dije que viniera aquí —explicó el hombre, sin emoción—. No al hotel.

—Gracias —dijo la mujer; acariciaba el pelo del niño, le sujetaba una mejilla con dos nudillos—. Es lo mismo, aquí o en otra parte. ¿No es lo mismo? Además, ¿no habíamos decidido ya? A veces olvidamos de quién es el dinero. Debías haberla invitado a comer. —Lo miró, demostrando que podía sonreír. Con la boca abierta, adormecido, el niño hipó, estremeciéndose; la mujer le secó el sudor bajo la nariz y en la frente.

La muchacha había atravesado la penumbra del bar, frente al mueble cargado de llaves de la portería, lenta, definitivamente de espaldas al comedor. Se detuvo en la terraza para cambiar de mano la valija y empezó a bajar la escalinata. No era capaz de llorar entonces, no evidenciaba la derrota ni el triunfo mientras iba descendiendo, paso a paso, ágil y sin prisa. El ómnibus de Junquillo se detuvo frente al hotel y el chófer llamó con la bocina; un hombre bajó para estirar las piernas y estuvo paseándose, ida y vuelta, pequeño, abstraído, con un poncho rojizo colgado de un hombro. Tal vez ella mirara los chiquilines oscuros, en harapos, que corrían por la cancha de fútbol.

—Y él estuvo un momento sin saber qué hacer, hay que decirlo, no salió corriendo como loco atrás de ella —contaron la mucama y el enfermero—. Se quedó mirando en el comedor vacío a la mujer y al hijito que parecía enfermo. Hasta que la otra pudo más que la vergüenza y el respeto y dijo cualquier cosa y salió atrás, lento como siempre, cansado. Tal vez haya pedido perdón. La alcanzó frente al ómnibus, le agarró un brazo y ella no movió siquiera la cabeza para saber quién era.

Discutieron bajo el sol, detenidos, mientras el peón del hotel corría hasta el ómnibus, cargado con paquetes. Y cuando el coche aflojó los frenos y empezó a bajar hacia mi almacén, ella empezó a reírse y se dejó sacar la valija. Tomados de la mano, despaciosos, subieron el camino de la sierra, costearon la cancha de fútbol que empezaba a rodear el público, doblaron allá arriba, en la esquina del dentista, y siguieron zigzagueando hasta la casita de las portuguesas. El hombre se demoró en la galería, estuvo mirando desde allí el río seco, las rocas, el vaciadero de basuras del hotel; pero no entró; le vieron abrazarla y bajar la escalera de la galería. Ella cerró la puerta y volvió a abrirla cuando el hombre estaba lejos; pudo verlo hasta que se perdió atrás de las oficinas de la cantera; volvió a descubrirlo, pequeño, impreciso, al costado de la cancha y en el camino.

Imaginé al hombre cuando bajaba trotando hacia el hotel, después del abrazo; consciente de su estatura, de su cansancio, de que la existencia del pasado depende de la cantidad del presente que le demos, y que es posible darle poca, darle ninguna. Bajaba la sierra, después del abrazo, joven, sano, obligado a correr todos los riesgos, casi a provocarlos.

—No estaban. Cuando él volvió la señora se había retirado con el chico y el chico estuvo pataleando en la escalera. La puerta de la habitación estaba cerrada por dentro; así que el hombre tuvo que golpear y esperar, sonriendo para disimular a cada uno que pasaba por el corredor; hasta que ella se despertó o tuvo ganas de abrirle —contaron—. Y el doctor Gunz insistió en decir que no había visto nada aunque estaba en el comedor cuando llegó ella con la valija; pero no tuvo más remedio que decir, palabra por palabra, que el tipo debió haberse metido en el sanatorio desde el primer día. Tal vez así pudiéramos tener esperanzas.

Y él golpeó, largo y sinuoso contra la puerta, avergonzado en la claridad estrecha del corredor que transitaban mucamas y las viejas señoritas que volvían del paseo digestivo por el parque; y estuvo, mientras esperaba, evocando nombres antiguos, de desteñida obscenidad, nombres que había inventado mucho tiempo atrás para una mujer que ya no existía. Hasta que ella vino y descorrió la llave, semidesnuda, exagerando el pudor y el sueño, sin anteojos ahora, y se alejó para volver a tirarse en la cama. Él pudo ver la forma de los muslos, los pies descalzos, arrastrados, la boca abierta del niño dormido. Antes de avanzar pensó, volvió a descubrir, que el pasado no vale más que un sueño ajeno.

—Sí, es mejor acabar enseguida —dijo al sentarse en la cama, sin otro sufrimiento que el de comprobar que todo es tan simple—. Tenía razón, es absurdo, es malsano.

Después cruzó los brazos y estuvo escuchando con asombro el llanto de la mujer, entristeciéndose, como si se arrepintiera vagamente no de un acto, sino de un mal pensamiento, sintiendo que el llanto lo aludía injustamente. Estaba encogido, sonriendo, dejándose llenar por la bondad hasta que resultara insoportable. Palmeó con entusiasmo la cadera de la mujer:

—Me voy a morir —explicó.

El final de la tarde está perdido; es probable que él haya intentado poseer a la mujer, pensando que le sería posible transmitirle los júbilos que rescatara con la lujuria. Cuando llegó la noche, el hombre bajó de la habitación y se puso a bromear con el portero y el encargado del bar.

—Bajó vestido como siempre, con ese traje gris que no es de verano ni de invierno, con cuello y corbata y los zapatos brillantes. No tiene otro traje; pero parecía que acababa de comprar todo lo que llevaba puesto. Y era como si no hubiera sucedido nada en el almuerzo, como si la muchacha no hubiera llegado y nadie supiera lo que estaba pasando. Porque, lo que nunca, bajó alegre y conversador, le hizo bromas al portero y obligó al encargado del bar a que tomara una copa con él. Es de no creer. Y saludaba con una gran sonrisa a cada uno que llegaba para la comida. Si hasta no sé quién le preguntó a Gunz si lo había dado de alta.

Pusieron una mesa en la terraza para la comida y acababan de sentarse cuando la muchacha trepó la escalinata y se les acercó, perezosa, amable. Le dio la mano a la mujer y comió con ellos. Los oyeron reír y pedir vinos. La mujer ancha se había desinteresado del niño y era la otra, la muchacha, la que movía regularmente una mano para acariciarle el pelo sobre la frente.

Pero hay el par de horas que pasaron desde que el hombre bajó de la habitación hasta que el mozo vino a decirle que la mesa estaba pronta en la terraza y él se enderezó en el mostrador del bar para ofrecer el brazo a la mujer de los anteojos. El par de horas y lo que él hizo en ellas para reconquistar el tiempo que había vivido en el hotel, para cargarlo, en el recuerdo de los demás, con las expresiones de interés y las simples cortesías que lo harían soportable, común, confundible con los tiempos que habían vivido los otros. Todo lo que el hombre produjo y dispersó en dos horas, de acuerdo con ellos y para que ellos lo fueran distribuyendo en los meses anteriores: las sonrisas, las invitaciones y los saludos estentóreos; las preguntas inquietas, de perdonable audacia, sobre temperaturas y regímenes, los manotazos en las espaldas de los hombres, las miradas respetuosas y anhelantes a las mujeres. Hizo caber, también, la corta comedia, las piruetas en beneficio de los que bebieron con él en el bar, la repentina gravedad, la mano alzada para suplicar complicidad y silencio, la mirada de alarma y respeto al doctor Gunz —que acababa de entrar en el hall y reclamaba los diarios de la tarde mientras se desabrochaba el chaleco—, los pasos rápidos y sigilosos hasta la balanza, el largo cuerpo totalmente erguido, remozado, inmóvil sobre la plataforma. «Setenta y cinco», anunció con alivio al acomodarse de nuevo en el mostrador del bar. Es seguro que mentía. «Puedo tomar otra.»

Todos reían y él mostraba agradecimiento; mantuvo su sonrisa mientras le devolvían parte de los golpes que había estado sembrando en las espaldas, mientras pensaba admirado en la facilidad de los hombres para espantarse de la muerte, para odiarla, para creer en escamoteos, para vivir sin ella. Tanto daba desesperarse o hacer el payaso, hablar de política o rezar mentalmente las palabras extranjeras de las etiquetas de las botellas en el estante. Y como estaba pagando sin avaricias, con prisa y obstinación, las deudas que había ido amontonando desde el día de su llegada, pidió permiso a los bustos que se inclinaban sobre los avisos de turismo sujetos por el vidrio del mostrador, y se acercó, con un vaso lleno en la mano, a la mesa de mimbre donde el doctor Gunz leía noticias de fútbol y el enfermero anotaba en una libreta las inyecciones que se había asegurado para su recorrida nocturna.

—Me gustaría que lo hubiera visto. A mí me costaba trabajo convencerme de que era el mismo.

Estaba, sosteniendo el vaso con sus dedos torpes, exhibiendo el brillo de la corbata y la camisa de seda —«como si fuera la noche más feliz de su vida, como si estuviera festejando»—, sonriendo con alerta docilidad al bigote rubio de Gunz, al brillo dorado de sus anteojos, a las palabras rápidas, gangosas, que el médico le iba diciendo.

—Y yo iba y venía, llevando la mantelería y los platos al comedor, porque, la casualidad, la otra empleada está enferma o lo dice. Y venía cargada desde la administración y pasaba entre el mostrador del bar y la mesa donde éstos estaban, antes de que bajara la señora con el chico, que un rato antes me había pedido agua mineral y aspirinas. Y lo veía, de espaldas, con la cabeza muy peinada, hamacándose en el sillón, riéndose a veces, tomando del vaso que tenía siempre en la mano. Y era como si charlaran de cualquier cosa, de la lluvia o del pozo en la cancha de tenis.

Desde la misma ola incontenible de gozo y amistad que había estado alzando para todo el mundo, consultó al médico sobre esperanzas razonables, sobre meses de vida. Y en este momento tuvo que hacerse más visible, más ofrecida —no para Gunz, ni para el enfermero, ni para los atareados viajes de la mucama—, la ironía sin destino contenida en su veloz campaña de recuperación del tiempo, en el intento de modificación del recuerdo llamativo, desagradable, que había impuesto a la gente del hotel y del pueblo. En la sonrisa con que escuchaba a Gunz, estaría, exhibida, casi agresiva, la incredulidad esencial que yo le adiviné a simple vista, la soñolienta ineptitud para la fe que hubo de descubrirse con la primera punzada en la espalda y que había decidido aceptar totalmente en la jornada que atestiguaban la mucama y el enfermero.

—Pero quién lo agarra descuidado a Gunz. Habló de curación total, como siempre; le dijo que desde el principio le había aconsejado meterse en el sanatorio para una curación total. Y el tipo, que ya debía estar borracho, pero no perdía su línea de conducta, se reía diciendo que no podía soportar la vida en un sanatorio. Y cuando la mujer apareció, con el chico en brazos, en la escalera, él nos empezó a hablar de un partido con los norteamericanos, que alguien dijo que se había perdido por su culpa, y de cómo apenas pudo no llorar cuando le acercaron el micrófono al final del partido. Se despidió y volvió al mostrador del bar; dejó que la mujer pasara con el chico a sus espaldas y saliera a la terraza. Fui a preguntarle al barman si tenía algún llamado para mí, y él estaba contando la misma historia del partido de basketball con los norteamericanos, ahora letra por letra, gol por gol.

»Cuando subí al cuarenta para llevar las aspirinas y el agua mineral ella me atendió con mucho cariño. El chiquillo estaba parado en una silla, cerca de la ventana, miraba para afuera y llamaba a un gato. Ella me ayudó a poner la bandeja encima de la mesa y me dijo, me acuerdo, que era una gran idea usar zapatos de goma. Le dije que eran muy descansados, pero que me hacían muy baja. Estaba en enaguas, sin lentes, y tiene los ojos muy grandes y verdes, con ojeras. La sentía mirarme mientras destapaba la botella, apoyada en la pared, los brazos cruzados, casi agarrándose los hombros. Como si fuéramos amigas, como si yo hubiera subido al cuarenta a contarle algo que no me animaba y ella esperara. Y cuando me iba me llamó moviendo un brazo y me dijo, sin burlarse: "Si usted me viera, así, como ahora, sin saber nada de mí... ¿Le parece que soy una mala mujer?" "Por favor, señora", le dije. "En todo caso, la mala mujer no es usted."

¿Por qué había elegido él, entre todas las cosas que no le importaban, la historia del partido de básquet? Lo veía enderezado en el taburete del bar, dispersando a un lado y otro el insignificante relato de culpa, derrota y juventud. Lo veía eligiendo, como lo mejor para llevarse, como el símbolo más comprensible y completo, la memoria de aquella noche en el Luna Park, el recuerdo infiel, tantas veces deformado, de bromas de vestuario, de entradas revendidas a cien pesos, de la lucha, el sudor, el coraje, los trucos, la soledad en el desencanto, el deslumbramiento bajo las luces, en el centro del rumor de la muchedumbre que se aparta ya sin gritos.

Tal vez no haya estado eligiendo un recuerdo sino una culpa, vergonzosa, pública, soportable, un daño del que se reconocía responsable, que a nadie lastimaba ahora y que él podía revivir, atribuirse, exagerar hasta convertirlo en catástrofe, hasta hacerlo capaz de cubrir todo otro remordimiento.

—Comieron en la terraza, como grandes amigos, como si formaran, los cuatro, una familia unida, cosa que poco se ve. Y cuando terminó la comida el tipo acompañó a la muchacha hasta el chalet y la mujer bajó la escalinata, cargada con el chico, para acompañarlos hasta los portones del hotel. Después de acostar a la criatura volvió al comedor y pidió una copita de licor. Estuvo esperando hasta que a Gunz lo dejaron solo; entonces lo hizo llamar y conversaron como media hora, el tiempo que demoró el tipo en ir y volver.

Ella no estaba triste ni alegre, parecía más joven y a la vez más madura cuando el hombre los descubrió desde la puerta del comedor y se fue acercando, erguido, escuálido, con la cara burlona y alerta. Gunz habló todavía unos minutos, lento, pensativo, mientras se limpiaba los anteojos. La mano de la mujer restregaba la del hombre, cuidadosa, innecesaria. Debajo de la mentira, de la reacción piadosa, estaban en ella el asombro y la curiosidad. Examinaba al hombre como si Gunz acabara de presentárselo luego de hacerle oír una corta biografía que rebasaba el presente, una historia profética y creíble que alcanzaba a cubrir algunos meses colocados más allá de aquel minuto, de aquella coincidencia. Nunca había dormido con él, ignoraba sus costumbres, sus antipatías, el sentido de su tristeza.

Gunz se fue y ellos bebieron un poco más, silenciosos, separados para siempre, ya de acuerdo. Y cuando subieron la escalera para acostarse, ella se sentía obligada a caminar apoyada en la establecida fortaleza del hombre, imaginando y corrigiendo la sensación que podían dar sus dos cuerpos, paso a paso, al sereno y a los que quedaban bostezando en el bar, descubriendo —con un tímido entusiasmo que no habría de aceptar nunca— que nada permanece ni se repite.

—Pero si lo de aquella noche —insistía el enfermero— ya era bastante raro: las dos mujeres como amigas de toda la vida, el beso que se dieron al despedirse, lo que sucedió al otro día es para no creer. Porque después del almuerzo fue ella la que hizo, sola, el camino hasta el chalet con un paquete que debía ser de comida. El tipo se quedó con el chico, y se lo llevó a pasear al lugar más lindo que encontró en todo este tiempo: el depósito de basura. Se tiró en camisa al sol, con el sombrero en la cara, arrancando sin mirar yuyos secos que masticaba mientras el chico se trepaba por las piedras. Podía resbalar y romperse el pescuezo. Y el tipo, véalo, tirado al sol, con el saco por almohada, el sombrero en los ojos, casi al lado del montón de papeles, frascos rotos, algodones sucios, como un cerdo en su chiquero, sin importarle nada de nada del chico, de lo que podían estar hablando las mujeres allá arriba. Y cuando empezó a enfriar, el chico, con hambre o aburrido, vino a sacudirlo hasta que el tipo se levantó y se lo puso en los hombros para llevarlo de vuelta al hotel. A eso de las cinco llegó ella; parecía más flaca, más vieja y se quedó sola en el bar tomando una copa, con la cara en una mano, sin moverse, sin ver. Después subió y tuvo la gran discusión.

—No una discusión —corrigió la Reina con dulzura—. Yo estaba haciendo una pieza enfrente y no tuve más remedio que escucharlos. Pero no se oía bien. Ella dijo que lo único que querría era verlo feliz. Él tampoco gritaba, a veces se reía, pero era una risa falsa, rabiosa. «Gunz te dijo que me voy a morir. Es por eso. El sacrificio, la renuncia.» Aquí ella se puso a llorar y enseguida el chico. «Sí», decía él, sólo por torturar; «estoy muerto, Gunz te lo dijo. Todo esto, un muerto de un metro ochenta, es lo que le estás regalando. Ella haría lo mismo, vos aceptarías lo mismo.»

—No es que lo defienda —dijo el enfermero—; pero hay que pensar que estaba desesperado. No se puede negar que hubo un arreglo entre ellas, y aunque esto era lo que él andaba queriendo, cuando la cosa se produjo vio la verdad. Claro que él ya la sabía, la verdad. Pero siempre es así. Usted la vio venir con el chico y tomar el ómnibus; casi seguro que esta vez se fue para siempre. Ellos están viviendo en el chalet; les llevan la comida desde el hotel y no salen nunca. Sólo los ven alguna vez, de noche, fumando en la galería. Y Gunz me dijo que la cosa va a ser rápida, que ya ni metiéndolo en el sanatorio.

Ella pasó, es cierto, por el almacén, cargada con el niño, sin entrar, eligiendo la sombra del árbol para esperar el ómnibus. Desde el mostrador, enjuagando un vaso, la miré como si la espiara. Le hubiera ofrecido cualquier cosa, lo que ella quisiera tomar de mí. Le hubiera dicho que estábamos de acuerdo, que yo creía con ella que lo que estaba dejando a la otra no era el cadáver del hombre sino el privilegio de ayudarlo a morir, la totalidad y la clave de la vida del tipo.

Los otros siguieron encerrados en la casita hasta principios del invierno, hasta unos días después de la única nevada del año. No llegaron más cartas; sólo un paquete con la leyenda «Ropa usada».

Andrade, de la oficina de alquileres, fue cuatro veces a visitarlos y siempre lo atendió la muchacha; amable y taciturna, ignorando la curiosidad del otro, haciendo inservibles los pretextos para demorarse que Andrade había ido fabricando en el viaje en bicicleta. Era el primer día de un mes, los golpes en la puerta sólo podía darlos Andrade. Ella salía enseguida, como si hubiera estado esperando, con su tricota oscura, los pantalones arrugados, con los veloces, exactos movimientos de su cuerpo de muchacho; saludaba, cumplía en silencio el cambio del dinero por el recibo y volvía a saludar. Andrade montaba en la bicicleta y regresaba viboreando hasta su oficina o continuaba recorriendo las casas de la sierra que administraba, pensando en lo que había visto, en lo que era admisible deducir, en lo que podía mentir y contar.

El mismo día de la partida de la mujer con el niño, el hombre pagó su cuenta en el hotel y se fue. De modo que ya no era, para los pasajeros, uno de ellos; las cortesías, las similitudes que había prodigado en la última noche empezaron a ser olvidadas desde el momento en que bajó la escalinata guardándose el recibo, el impermeable al hombro, repartiendo con postrer entusiasmo saludos silenciosos, moviendo de un lado a otro su sonrisa. Los clientes de Gunz y de Castro volvieron a individualizar enseguida, con más exasperación que antes, cada una de las cosas que los separaban del hombre; y sobre todo, volvieron a sentir la insoportable insistencia del hombre en no aceptar la enfermedad que debía hermanarlo con ellos.

No podían dar nombre a la ofensa, vaga e imperdonable, que él había encarnado mientras vivió entre ellos. Concentraban su furia en la casita de las portuguesas, visible cuando reposaban en la terraza o cuando paseaban por el parque y a la orilla del arroyo. Y dos veces por día, hasta que las noches se alargaron y del segundo viaje sólo podían conocer el prólogo, podían festejar la perduración de su odio viéndolo renovarse por las caminatas del peón del hotel, cargado con la vianda, un diario bajo el brazo, hasta la casita blanca y roja que fingían suponer clausurada por la vergüenza. Controlaban los pedidos de botellas que transmitía el peón al administrador y ocupaban sus horas suponiendo escenas de la vida del hombre y la muchacha encerrados allá arriba, provocativa, insultantemente libres del mundo.

El enfermero había estado hablando de escándalo y afrenta pública; era casi de noche cuando encendí las lámparas y encargué a Levy chico que atendiera el almacén mientras yo cruzaba a tomar un trago y charlar de muertes, curaciones y tarifas con el gerente del Royal. Salí al frío azul y gris, al viento que parecía no bajar de la sierra, sino formarse en las copas de los árboles del camino y atacarme desde allí, una vez y otra, casi a cada paso, enconado y jubiloso. Iba cabizbajo, oyendo un motor que se entrecortaba sobre la fábrica de aviones, pronosticando que el gerente del Royal me anunciaría, con falsa aprensión, con infantil esperanza, un invierno de nieve, de caminos bloqueados, cuando divisé los intermitentes círculos de la luz sobre la tierra del camino. Me detuve, la luz amarilla de la linterna se abrió en mi cara y escuché la risa; era un sonido seco, intencionado, ejercido para el reto. El hombre volvió a poner la luz en el suelo, miró hacia las nubes, y la apagó.

—La traía para la vuelta —dijo—. La descubrí en el garaje. Es un encuentro casual, porque usted se iba. Pero venía a buscarlo. Quiero decir, tengo que hablar con usted y negociar.

Estaba inmóvil, altísimo, de espaldas a la última barra de claridad de la sierra, negro y despeinado. El viento sacudía su abrigo y lo hacía restallar con un sonido confundible con el de la tos, muy espaciada, que el hombre protegía alzando la mano y la linterna.

—No lo había conocido —dije, sin saber si debía ofrecerle la mano, pensando velozmente en su historia—. Vamos al almacén, ¿quiere? Por lo menos allí no hay viento.

Me seguía sin palabras, pisando como si tratara de aplastar. «Es la primera vez que habla —pensé al entrar en el almacén—; todo lo anterior fueron monosílabos, gruñidos, gestos, una sola palabra. Está borracho, pero no de alcohol,

y necesita seguir hablando, como si se despeña-
ra y quisiera terminar cuanto antes.»

Entré restregándome las manos, despren-
diéndome la ropa, aunque el frío y algo de viento
también estaban en el negocio. No quise volver-
me a mirarlo. Le golpeé el hombro a Levy chico
que estaba boquiabierto, extático, con la gorra
hasta los ojos, detrás del mostrador. Nos quedamos solos y llené dos vasos con vermouth. Él
apartó la mano de la reja de la ventana y vino hacia mí, sonriendo con los brazos separados del
cuerpo, balanceando la larga linterna niquelada.
Se inclinó para dominar la tos y volvió a sonreír,
enrojecido, lacrimoso.

—Perdón —murmuró—. Si no le molesta,
prefiero caña.

Le serví lo que pedía y dije «Salud» antes de
beber, sin haberlo mirado todavía. Comencé por
examinar el sobretodo, negro, viejo, demasiado
holgado, con botones muy grandes y un cuello
de terciopelo, casi nuevo.

—Usted salía —dijo—. No quiero que por
mí... Es un minuto. —Se detuvo y miró alrededor, serio, extrañado, inquisitivo. Volvió a girar
la cabeza, más tranquilo, alzó la copa y la vació.
Me miraba sin que le importara verme, el labio

levantado y fijo. Tocaba el mostrador con la punta de los dedos, para mantenerse recto, dentro del sobretodo negro, oloroso, anacrónico; exhibía los huesos velludos de las muñecas e inclinaba la cabeza para mirarlos, alternativamente, compasivo y con cariño; aparte de esto, no era nada más que pómulos, la dureza de la sonrisa, el brillo de los ojos, activo e infantil. Me costaba creer que pudiera hacerse una cara con tan poca cosa: le agregué una frente ensanchada y amarilla, ojeras, líneas azules a los lados de la nariz, cejas unidas, retintas.

—Deme otra copa —dijo—. Es muy simple, nos cortaron los víveres. Lo pudieron soportar sólo unos meses; pero yo me atrasé, no fui capaz de reventar a tiempo, dentro de los límites de la decencia, como ellos esperaban. Aquí estoy, todavía, tosiendo y de pie. Yo soy así, hago proyectos, creo en ellos, llego hasta jurar, y después no cumplo. No quiero aburrirlo, perdone. Entonces, justamente hoy, en el hotel, se les acabó la paciencia. A mediodía el empleado nos trajo la vianda y dijo que no iba a volver. Le daba mucha vergüenza, estuvo rascando el piso con el pie, hasta es posible que nos tuviera lástima. Le pagamos y le regalamos dinero. Y ella, a escondidas, salió a la galería para que yo no la viera llorar. Está mal, claro; ella se había hecho responsable de mi curación, de mi felicidad. Heredó un dinero de la madre y tuvo el capricho de gastarlo en esto, en curarme. En fin, estuvimos de acuerdo en que es necesario que sigamos comiendo hasta que yo reviente. Así que vine a verlo, a preguntarle si puede hacernos llegar comida, una o dos veces por día, y por poco tiempo. No porque piense morirme; pero puede ser que pronto nos vayamos.

Le dije que sí, mintiendo, porque no sabía cómo conseguirles sus dos comidas diarias, preguntándome por qué recurrían a mí y no a cualquier otro hotel o pensión. Él estaba contra el mostrador, perfilado y torpe, jugando con la luz de su linterna porque no se le ocurría una frase para despedirse. Serví otra vuelta, imaginé que la muchacha allá arriba aprovecharía su ausencia para llorar un poco más.

Una vieja de la sierra había contado que se acercó un domingo a la casita para pedir fósforos, que una ventana estaba abierta y que el hombre, solo, de pie, desnudo, se miraba en el espejo de un armario; movía los brazos, adelantaba una sonrisa curiosa, de leve asombro. Y no era, reconstruía yo, no había sido que terminaron de agitarse en la cama y el hombre fue atrapado por el espejo al pasar. Se había desnudado lentamente frente al armario para reconocerse, esquelético, con manchas de pelo que eran agregados convencionales y no intencionadamente sarcásticas, con la memoria insistente de lo que había sido su cuerpo, desconfiado de que los fémures pudieran sostenerlo y del sexo que colgaba entre los huesos. No solamente flaco en el espejo, sino enflaqueciendo, a poco que se animara a mirar y medir.

Sacudió una mano en el bolsillo del sobretodo pero yo hablé antes de que la sacara.

—No es nada. Invito yo. Queda arreglado, comida para dos, dos veces al día.

Golpeó la pared con la luz de la linterna y sonrió, con un lento orgullo, como si acabara de acertar.

—Gracias. Lo que nos mande estará bien. Ya no vienen cartas. La verdad es que yo pedí que no escribiera.

Se movió para enfrentarme, ofreció la cara, mantuvo, más amplia, la sonrisa negativa. Estaba envejecido y muerto, destruido, vaciándose; pero, sin embargo, más joven que cualquier otra vez anterior, reproduciendo la cabeza que había enderezado en la almohada, en la adolescencia, al salir de la primera congestión. Convirtió en ruido su sonrisa y me tendió la mano; lo vi cruzar la puerta, atrevido, marcial, metiendo a empujones en el viento el sobretodo flotante que alguna vez le había ajustado en el pecho; lo vi arrastrar, ascendiendo, la luz de la linterna.

No volví a verlos durante quince o veinte días; les llevaban viandas desde el Royal y ahora era él quien recibía al mandadero —Levy chico— y le pagaba diariamente.

La muchacha resurgió, en los chismes del enfermero, bajando la sierra un anochecer para buscar a Gunz en el hotel e instalarse en la terraza a esperarlo, sonriente y silenciosa con los mozos, con los pasajeros que podían reconocerla. En la versión del enfermero, Gunz alzó los hombros y dijo que no; después estuvo cuchicheando, con la cabeza inclinada hacia ella y la mesa; por encima del cuerpo del médico la muchacha miraba a lo lejos como si estuviera sola. Finalmente dio las gracias y ofreció pagar las tazas de café; Gunz la acompañó hasta los portones del hotel y se quedó un rato con las manos en los bolsillos del pantalón, viéndola alejarse y subir, el chaleco hinchado avanzando en la primera sombra.

En la historia de la mucama —ya no iba a casarse con el enfermero, llegaba al almacén sola y en las horas en que no podía encontrarlo— la muchacha bajó una noche para arrancar a Gunz de la cama y mostró a los que charlaban soñolientos en el bar una cara donde había más susto que tristeza. Gunz, sin entusiasmo, aceptó por fin subir hasta el chalet apretando un brazo de la muchacha.

Volví a verlos, por sorpresa, antes de que la mucama o el enfermero pudieran informarme que se iban. Eligieron la mañana, entre las seis y las siete, para llegar juntos al almacén, solitarios en el frío, cada uno con su valija.

—Otra vez —dijo el hombre, irguiéndose.

Se sentaron junto a la ventana y me pidieron café. Ella, adormecida, me siguió por un tiempo con una sonrisa que buscaba explicar y ponerla en paz. Les miré los ojos insomnes, las caras endurecidas, saciadas, voluntariosas. Me era fácil imaginar la noche que tenían a las espaldas, me tentaba, en la excitación matinal, ir componiendo los detalles de las horas de desvelo y de abrazos definitivos, rebuscados.

Envuelta en el abrigo, en lanas tejidas, con un gorro azul de esquiador, la muchacha parpadeaba mirando hacia afuera; tenía la cara redonda, aniñada, indagadora. Con un enorme reloj bailándole en la muñeca, el hombre abría una mano agrandada para sujetarse la mandíbula, solo y deslumbrado frente a su taza vacía. El vapor nublaba la mañana de atrás de los vidrios y las rejas; el sol se mostraba entrecortado, el frío se estaba haciendo palpable en el centro del piso de tierra del almacén.

—Nos vamos al sanatorio —dijo el hombre cuando me acerqué a cobrar porque había sacudido un billete en el aire; la muchacha arrugó la nariz y la boca para decir algo, pero continuó mirando la mañana enrejada—. Ayer le dije al chico; de todos modos, quería avisarle que se acabó. Y darle las gracias.

Me apoyé en la mesa y cumplí una buena farsa, pidiéndole que perdonara la calidad de la comida, como si yo la hubiera cocinado. Alguno, Mirabelli por la hora, pasó guiando una vaca con cencerro; ella tenía la nuca en el brazo del hombre, escuchaba los pájaros, los primeros motores, el final de su noche.

—El doctor Gunz dice que es seguro —me contaba el hombre desde el hueco de la mano, con una sonrisa desidiosa y alertada, con una voz

que no podría despertar a la muchacha si dur-
miera—. Tres meses de sanatorio, un régimen de
cuartel.

—Gunz es muy buen médico. Y tiene mucha experiencia.

—Mucha experiencia —repitió lentamente,
divirtiéndose; miraba hacia el centro del salón,
justamente el lugar donde yo sentía amontonar-
se el frío; ahora la cara le cabía en la mano, las
puntas de los dedos tocaban los pelos largos y
desparejos sobre la sien—. Y después, empezar
de nuevo. ¿Se da cuenta? Sólo tres meses; y aunque fueran seis.

Me pareció que no había alzado la voz, pero
ella dejó de mirar la nube acuosa de la ventana y
puso los ojos, como el hombre, en el centro del
piso del almacén. El primer cliente verdadero
entró un saludo ronco e indirecto, el roce tristón
de las alpargatas; llevaba boina, bigotes largos,
un pañuelo de luto. La mano de la muchacha recorrió el pecho del hombre, fue subiendo hasta
apretar los dedos gigantescos que sostenían la
cabeza.

Friolento, carraspeando, el hombre del pañuelo negro planchó un billete sobre el mostrador y me pidió ginebra. Mientras llenaba el vasi-

to vi acercarse la camioneta del sanatorio, recién pintada, balanceándose con suavidad. La muchacha y el hombre adivinaron y se fueron alzando con trabajo, entumecidos; no me saludaron al irse; él cargaba las dos valijas, ella se puso a bromear con el chofer que había descendido del coche y apretaba contra el vientre la gorra con visera y leyenda.

Tres meses, había mentido Gunz, seis meses, había admitido el hombre. Los imaginaba inmóviles en camas blancas de hierro, allá arriba, depositados provisoriamente en una habitación del sanatorio, narices y mentones apuntando con resolución a un techo encalado, jugando aún al malentendido, apalabrados para esperar sin protestas, sin comentarios ociosos, la hora en que los demás reconocerían su error para decidir, con pequeñas excusas, con frases negadoras del tiempo, con golpecitos cordiales, mandarlos de vuelta al mundo, al desamparo, a la querella, a la postergación. Imaginaba la lujuria furtiva, los reclamos del hombre, las negativas, los compromisos y las furias despiadadas de la muchacha, sus posturas empeñosas, masculinas.

Habían pasado muy pocos días de los seis o tres meses cuando, con la ayuda del más chico de los Levy, me puse a limpiar el almacén y adelantar el inventario. Entonces volví a ver, en el fondo del cajón de la correspondencia, debajo de la libreta negra de las cartas certificadas, los dos sobres con letra ancha y azul que no había querido entregar al hombre cuando llegaron, en el verano. No lo pensé mucho; me los puse en el bolsillo y aquella noche leí las cartas, solo, después de colgar las persianas. Una, la primera, no tenía importancia; hablaba del amor, de la separación, del sentido adivinado o impuesto a frases o actos pasados. Hablaba de intuiciones y descubrimientos, de sorpresas, de esperas largamente mantenidas. La segunda era distinta; el párrafo que cuenta decía: «Y qué puedo hacer yo, menos ahora que nunca, considerando que al fin y al cabo ella es tu sangre y quiere gastarse generosa su dinero para devolverte la salud. No me animaría a decir que es una intrusa porque bien mirado soy yo la que se interpone entre ustedes. Y no puedo creer que vos digas de corazón que tu hija es la intrusa siendo que yo poco te he dado y he sido más bien un estorbo».

Sentí vergüenza y rabia, mi piel fue vergüenza durante muchos minutos y dentro de ella crecían la rabia, la humillación, el viboreo de un pequeño orgullo atormentado. Pensé hacer unas cuantas cosas, trepar hasta el hotel, y contarlo a todo el mundo, burlarme de la gente de allá arriba como si yo lo hubiera sabido de siempre y me hubiera bastado mirar la mejilla o los ojos de la muchacha en la fiesta de fin de año —y ni siquiera eso: los guantes, la valija, su paciencia, su quietud— para no compartir la equivocación de los demás, para no ayudar con mi deseo, inconsciente, a la derrota y al agobio de la mujer que no los merecía; pensé trepar hasta el hotel y pasearme entre ellos sin decir una palabra de la historia, teniendo la carta en las manos o en un bolsillo. Pensé visitar el sanatorio, llevarles un paquete de frutas y sentarme junto a la cama para ver crecer la barba del hombre con una sonrisa amistosa, para suspirar en secreto, aliviado, cada vez que ella lo acariciara con timidez en mi presencia.

Pero toda mi excitación era absurda, más digna del enfermero que de mí. Porque, suponiendo que hubiera acertado al interpretar la carta, no importaba, en relación a lo esencial, el vínculo que unía a la muchacha con el hombre. Era una mujer, en todo caso; otra.

Lo único que hice fue quemar las cartas y tratar de olvidarme; y pude, finalmente, rehabilitarme con creces del fracaso, sólo ante mí, desdeñando la probabilidad de que me oyeran el enfermero, Gunz, el sargento y Andrade, descubriendo y cubriendo la cara del hombre, alzando los hombros, apartándome del cuerpo en la cama para ir hacia la galería de la casita de las portuguesas, hacia la mordiente noche helada, y diciendo en voz baja, con esforzada piedad, con desmayado desprecio, que al hombre no le quedaba otra cosa que la muerte y no había querido compartirla.

—¿Qué? —me preguntó el enfermero, respetuoso, inseguro, sujetando la excitación.

Salí afuera y me apoyé en la baranda de la galería, temblando de frío, mirando las luces del hotel. Me bastaba anteponer mi reciente descubrimiento al principio de la historia para que todo se hiciera sencillo y previsible. Me sentía lleno de poder, como si el hombre y la muchacha, y también la mujer grande y el niño, hubieran nacido de mi voluntad para vivir lo que yo había determinado. Estuve sonriendo mientras volvía a pensar esto, mientras aceptaba perdonar la avidez final del campeón de basketball. El aire olía a frío, y a seco, a ninguna planta.

Entré en la habitación y fui cruzando, lleno de bondad, el cuchicheo de los cuatro hombres. Recorrí con lentitud la casita, miré y rocé con la punta de los dedos estampas, carpetas, cortinas, almohadones, fundas, flores duras, lo que habían estado haciendo y dejaron allí las cuatro mujeres muertas, las fruslerías que crecieron de sus manos, entre maquinales y necios parloteos, presentimientos y rebeliones, consejos y recetas de cocina. Conté las agonías bajo el techo listado por vigas negras, nuevas, inútiles, usando los dedos por capricho. Pensé, distraído y sin respeto, en las virginidades de las tres hermanas y en la de su amiga, una mujer muy joven, rubia, gorda. En el cuarto del fondo descubrí un montón de diarios que no habían sido desplegados nunca, los que se hacía llevar con el peón del hotel; y, en la cocina, una fila de botellas de vino, nueve, sin abrir.

Regresé, paso a paso, a la habitación donde estaban el cuerpo y los demás.

—No tuvo paciencia, señora —explicaba Gunz a una mujer flaca, con la cabeza cubierta por un rebozo y afirmativa.

—Es así —dijo Andrade, adulador y triste.

El enfermero hablaba de procedimientos y remociones con el sargento; sonrió al verme entrar y quiso preguntar algo, pero yo me volví hacia los zapatos y los pantalones visibles del hombre muerto, hacia la forma incomprensible debajo de la sábana.

—Poca sangre, señora —informaba el enfermero, con un tono de interrogación dirigido a Gunz.

—La que le quedaba —bromeó el médico bostezando.

Yo miraba hacia la cama con todas mis fuerzas, creyendo posible averiguar por qué había pedido los diarios para no leerlos, por qué había comprado las botellas para no abrirlas, creyendo que me importaba saberlo.

—¿Qué le parece si le dejo el certificado? —preguntó Gunz.

—Como le parezca, doctor —cantó el sargento—. Pero si puede esperar un poquito...

Y ahí estaba, en el suelo, el revólver oscuro, corto, adecuado, que él se había traído mezclado con la blancura de camisetas y pañuelos y que estuvo llevando, en el bolsillo o en la cintura, escondiéndolo con astucia y descaro, sabiendo que era a él mismo que ocultaba, plácido y fortalecido porque podía ocultarse como un objeto de una y de la otra, de lo infundado de sí mismo.

El sargento y Gunz habían salido a la galería a esperar al comisario; sólo llegaba el ruido lento de las palabras, la imagen de los hilos de vapor de sus bocas. A mis espaldas, alzándose del desconcierto, de la curiosidad, del miedo, la mujer flaca empezó a preguntar.

—¿No lo vio? —dijo feliz el enfermero—. Está natural. Más flaco, puede ser; más tranquilo. —Se detuvo y yo sé que me estaba mirando con angustia; repitió su historia suavemente, para que yo no volviera a oírla—. Estaba desahuciado aunque, claro, nunca se lo dijeron. Usted sabe cómo es. Hacía veinte días que estaban en el sanatorio y lo teníamos en quietud, con inyecciones. Un régimen muy severo. Ni peor ni mejor. Siempre contento, era un caballero. Estaba la muchacha con él. No sé, la señora, cuidándolo. Y esta mañana, cuando ella se despertó y el paciente no estaba en la habitación salimos a buscarlo por todo el sanatorio; después supimos que había bajado en la camioneta. El chofer está acostumbrado, gente que apenas puede andar y se le ocurre ir a dar una vuelta. No se puede, señora; así es en el sanatorio, libertad. Pero no volvió a aparecer, el chofer se cansó de esperarlo, y estábamos sin saber qué pensar hasta que Andrade, aquí, nos telefoneó.

—Es así, señora —confirmó Andrade; ahora yo estaba mirándolos, divertido, balanceándome para entrar en calor—. Me dijeron que lo habían visto entrar a mediodía, aunque él me devolvió las llaves, y no quise creerlo. Yo ni siquiera había venido para limpiar. Pero había una ventana con luz al caer el sol y me vine a golpear. Calcule, cuando abrí la puerta y entré. Tal vez se haya guardado una llave de la entrada por la cocina.

—Y todavía era joven, el pobre —dijo la mujer; trató de echarse a llorar.

El enfermero, Andrade y yo encogimos los hombros y escuchamos enseguida el motor del automóvil, deteniéndose. El sargento y Gunz caminaron por la galería, golpeando a cada paso, como a propósito, el silencio luminoso y frío, la dureza de la noche imparcial.

—El comisario —anunció con solemnidad el enfermero, y la vieja volvió a decir que sí, cabeceando.

Me senté en el diván, estremecido y en paz; preferí no moverme cuando entró la muchacha y fue recta hasta la cama, copió con increíble lentitud mi ademán de descubrir y cubrir.

El sargento y Gunz ocupaban la puerta, la vieja y el enfermero se adelgazaban contra la pared, Andrade retrocedió con la boina en la mano. Casi sin respirar, miré a la muchacha que inclinaba la cara sobre el conjunto inoportuno, airadamente horizontal, de zapatos, pantalones y sábana. Estuvo inmóvil, sin lágrimas, cejijunta, tardando en comprender lo que yo había descubierto meses atrás, la primera vez que el hombre entró en el almacén —no tenía más que eso y no quiso compartirlo—, decorosa, eterna, invencible, disponiéndose ya, sin presentirlo, para cualquier noche futura y violenta.